아카시아처럼 달콤하게 스며온

진노랑

목차

아카시아를 따라간 그곳

목련처럼 은은한 바람

장미처럼 발그레한 설렘

달맞이꽃의 끝나지 않는 기다림

목차

프리지어와 닮은 아침 공기

국화의 맑은 향기가 전해준 진실

눈꽃이 녹아서 된 눈물

아카시아처럼 달콤하게 스며온

아카시아를 따라간 그곳

***

한창 피어오르는 아카시아 꽃망울에서 봄빛과 닮은 달짝지근한 향기가 퍼져 큰 도로를 메웠다.

그 초록빛 잎사귀와 하얀빛 꽃망울이 싱그러워 눈을 뗄 수 없었다. 그 봄빛보다 더 달콤한 향기에 가슴 설레지 않을 수 없었을 것이다. 평소 같았으면.

"아직 멀었어요?"

수지가 불안해하며 물었다.

"거의 다 왔다."

할머니가 한숨을 내쉬며 대답했다. 그 한숨 섞인 말소리는 지금 가는 곳에 대해선 아무 기대를 하지 말라고 미리 주의 주는 것 같았다

수지는 요즘 세상에 드문 할머니의 쪽진 회색 머리에서 시선을 돌리고 다시 차창으로 하얀 아카시아 가로수를 보았다.

열린 차창으로 아카시아 향이 쏟아져 왔다. 숨을 들이쉬자, 아름다운 꽃 향이 콧속을 스며들어왔다. 너무나도 달콤해서인지 조금 머리가 아팠다.

덜컹, 수지네 이삿짐을 실은 용달차가 아카시아 가로수

가 있는 큰 도로에서 벗어나 골목 안쪽으로 들어섰다.

"다 왔다."

차는 안개가 낀 것처럼 회색빛인 한옥 앞에서 멈추었다. 말이 한옥이지 시멘트로 지어서 기왓장만 올린 낡은 집이다. 태어나 지금까지 고층 아파트에서만 살아온 수지는 이런 집에는 노인들만 사는 줄 알았다.

"여기야?"

수지처럼 동생 현수도 꽤 놀란 표정이었다. 당장이라도 전에 살던 집으로 돌아가자고 소리칠 것만 같았다.

"들어가자."

"싫어."

"왜?"

"무서워!"

"할머니랑 내가 있는데 무섭긴 뭐가 무서워."

수지는 현수의 손을 잡고 한발 앞으로 나아갔다. 사실 열여덟 살인 수지도 무서웠다. 하지만 이제는 항상 곁에서 힘이 되어주던 엄마와 아빠가 없었다. 아직 초등학생인 어린 현수도 수지가 보살펴야 했다. 현수도 이 점을 잘 알았기에 그저 말없이 수지의 손에 이끌려 왔다.

"오셨어요?"

남매가 대문 앞에 섰을 무렵, 한 아주머니가 나오셨다. 아주 선해 보이셨다.

"이리로."

집주인 아주머니의 안내로 파란색 철문을 들어서자 오래된 나무와 습기의 무거운 냄새가 끼쳤다.

두세 평가량의 시멘트 마당을 지나자 짙은 색 나무로 된 유리문으로 집안이 보였다. 부엌은 밖에 있는 것 같았고, 마루를 사이에 두고 안방과 방 두 칸이 마주 보고 있었다.

수지와 현수가 그쪽으로 올라가려 하자 할머니가 서둘러 막아서며 구석진 곳으로 데려갔다.

"이쪽이다."

큰 가옥의 아래채에 단칸방이 딸려있었다. 철 유리로 된 현관문을 열고 들어가 시멘트 부엌을 지나자 문이 달린 사각형 방 하나가 나왔다. 그곳이 바로 수지네가 살 곳이라고 했다.

"그럼, 짐 정리하세요."

집주인이 간 후, 아무도 말하지 않았다. 수지와 현수는 앞으로 살아갈 어둑어둑한 사각 방을 겁먹은 눈으로 둘러보았고, 할머니는 이삿짐이랄 것도 없는 짐 정리를 시작했다. 가구라고는 좌식책상, 장롱 하나가 전부였다.

"각자 짐 정리하여라."

현수는 책상에 소지품을 올리고, 수지는 장롱에 옷을 넣기 시작했다. 둘 다 물건을 정리하는 게 느릿느릿했다.

"서둘러라."

할머니의 보챔에 수지의 손이 빨라졌다. 옷가지도 많이 챙겨오지 않아서 정리는 금방 끝날 것 같았다. 그러다가 빨간 레이스 드레스를 조심스레 옷걸이에 걸었다. 장롱에 넣으려다가 못내 아쉬웠는지 수지는 못이 쳐진 벽에 조심조심 드레스를 걸었다.

"이상해."

현수의 말대로 누런 벽에 걸린 화려한 드레스는 시공간이 다른 세계의 물건처럼 보였다.

"이제 필요 없는 물건이다. 장롱에 넣어둬라."

"싫어요!"

평소 얌전하게 말을 잘 듣는 수지가 이 드레스만큼은 양보하지 않았다.

수지는 드레스를 품에 꼭 안았다. 그러고 있으면 이 회색빛 사각 방이 수지가 연주하는 아름다운 피아노 소리로 가득 차고 엄마, 아빠가 와서 안아주는 따뜻한 곳으로 변하기라도 하는 걸까.

"가져다 놓아라."

빨간 드레스는 작년

쿠르를 준비하며 산 것이다. 몇 군데나 샵을 돌아서 겨우 마음에 드는 장미꽃 같은 원피스를 고른 것이었다.

이제 수지도 알았다. 그런 풍족한 생활은 돌아오지 않

는다는 것을. 고등학교를 자퇴하고 검정고시를 쳐서 더는 학창 생활을 이어갈 수도 없다는 것을.

그렇지만 이 옷은 포기할 수 없었다. 왜냐하면 이 옷은 수지가 지금껏 살며 가장 행복했던 날인 작년 콩쿠르 우승할 때 입은 옷이기 때문이었다.

"고집은!"

할머니는 어쩔 수 없다는 듯 한숨을 내쉬며 현수 쪽을 보았다.

"네 가방에는 게임기만 가득하구나. 책을 넣어와야지."

"폰도 없는걸……."

현수는 불만이 가득한 표정이었다. 현수뿐만 아니라 수지네 가족은 이제는 즐거이 웃지 않았다.

***

건설회사를 하던 아빠의 사업실패로 많은 것을 잃었다. 살고 있던 밝고 넓던 아파트를 잃었고, 항상 함께일 것 같던 친구들을 잃었고, 소중히 여기던 물건도 잃었으며 꿈꾸던 앞날도 잃었다.

그 무엇보다 엄마, 아빠와 떨어져 지내야 하는 점이 남매를 괴롭게 했다. 아빠는 빚이 남아서 같이 살지 못했고, 엄마는 일할 곳이 딴 지역이라 이곳에서 함께 살지 못했다.

대신 할머니와 살게 되었다. 수지의 엄마 아빠가 급하게 다른 지방으로 가는 바람에 할머니가 시골에서 농사를 짓다가 부랴부랴 도시로 올라오면서부터였다.

"기다려라."

할머니는 수지 현수 남매와 아직 데면데면했다. 그건 원래 일 년에 딱 두 번 명절 때만 만나던 사이여서 일 것이다. 또 할머니는 워낙에 무뚝뚝한 성미라 수지가 웃으며 말을 걸어도 대답이 없을 때가 많았고, 현수가 재롱을 부려도 거의 반응이 없었다.

"할머니 싫어."

"그러지 마."

"말이 안 통하는걸."

철없는 동생의 말에 고개를 젓던 수지도 내심 동감했다. 할머니가 어려웠다. 할머니뿐만 아니라 이 집도, 이 상황도 어려웠다. 이제 고작 열여덟 살인데, 몇 달 사이에 너무나도 많은 일을 겪었다. 이 모든 일이 믿기지 않았고 점점 지쳐갔다.

"누나, 화장실 다녀올게."

화장실은 방에서 따로 떨어져 대문 옆에 있다고 했다. 현수가 밖으로 나가자 수지는 또다시 방을 둘러보았다.

전에 살던 넓고 밝았던 아파트와는 비교조차 되지 않았다. 벽에는 곰팡이가 펴있고 방은 어둑했다. 벽지에는 왜 그렇게 무서운 무늬가 많은지, 냉장고와 형광등, 벽시계 소리는 또 왜 그렇게 큰지…….

"무서워."

"무서워!"

화장실에 간다던 현수가 울면서 뛰어왔다.

"따라가 줘."

불안했다. 역시 화장실은 천장에 거미줄이 있고, 냄새 나고, 지저분하였다.

"누나는 안 가?"

수지도 가고 싶었다. 하지만 수지는 조금이라도 지저분하다 싶은 화장실은 절대로 사용하지 않고, 참았다가 집에 가서야 볼일을 보던 소녀였다. 도저히 저런 화장실에 들어갈 용기가 없었다.

"누나, 어디가?"

대문을 열었다. 삐거덕 소리가 유난히 크게 들렸다. 마치 회색빛 안개가 낀 것 같은 이곳과 밝은 햇살만 보고 자랐던 남매의 불협화음처럼.

***

큰 도로 안쪽으로 나 있던 골목은 일직선으로 쭉 길게 나 있다. 가옥은 이십 채에서 서른 채 정도 있었는데 그 중에서 서너 채만 한옥이었고 나머지는 양옥이었다.

수지가 사는 곳에서 50미터쯤 지났을 때 새로 지은 듯한 하얀 벽돌의 커다란 집이 나타났다. 수지는 걸음을 멈추고 붉은 대문 안을 보았다. 아카시아꽃 향기가 흘러나오고 있었다.

"이런 집에 살고 싶어."

"나도."

남매는 방금까지 있었던 어두침침한 낡은 집을 떠올리며 햇살이 내리비추고 있는 커다란 집에 부러움 가득한 눈길을 던졌다.

"그만 가자."

왠지 계속 보았다가는 그 어둑한 집으로 다시 돌아갈 수 없을 것 같은 느낌이 들었다.

"잠깐만. 운동화 끈 풀렸어."

수지가 끈을 묶으려고 쪼그려 앉았는데 갑자기 그 집의 붉은 대문이 열렸다. 놀라서 고개를 든 순간, 푸른색 자전거가 햇빛에 비쳐 눈부시게 빛나는 게 보였다. 그 뒤로 수지 또래 정도의 얼굴이 하얀 자전거 주인이 어렴풋이 보였다. 그 남자애가 이상하다는 듯 고개를 갸웃거렸다.

"너흰 누군데?"

"……."

남자애는 수상하다는 듯, 눈부신 듯 눈을 가늘게 뜨고 수지를 보며 자전거에 올라탔다.

"우리 집에 볼일 있냐?"

"……."

"빨리 대답해. 난 성격이 급해."

"아니."

"그럼, 간다."

그 남자애는 정말 성격이 급해 보였다. 말 끝나기 무섭게 금세 골목 안쪽으로 멀어져 갔다. 그 뒷모습을 수지와 현수는 황당하다는 표정으로 서로 쳐다보았다.

"저 형은 좋겠다."

"왜?"

"좋은 집에 살아서."

"뭐가 부러워? 우리도 곧 다시 전에 살던 집으로 돌아갈 건데."

"그렇겠지?"

현수는 하는 말과는 달리 말소리도, 표정도 풀 죽어 있었다.

"아빠가 다 해결해줄 거야."

"맞아."

"그러니까 기죽으면 안 돼."

"알았어!"

"가자!"

"가자!"

수지와 현수는 아까 남자애가 사라진 방향을 따라서 걸었다. 뭐가 나올까? 낯선 거리라 조금 기대되었다.

***

어린이 키 높이 정도의 담에 큰 느티나무가 솟아있다. 무슨 건물일까 궁금해하며 들여다보았다. 정문은 큰 도로 쪽으로 나 있는 것 같고, 주차장 쪽으로 통하는 하늘색 후문은 남매 앞에 활짝 열려 있었다.

"거긴 왜 봐?"

수지는 자동차 한 대 정도가 지나갈 수 있는 크기의 그 문을 지나가고 싶었다.

"누나!"

현수가 따라서 달려왔다.

"어딘지 알고 들어가?"

"몰라."

"근데 왜 들어가?"

"화장실 가야 해!"

"화장실?"

"그 집 화장실은 무서워."

"나도 갈래."

주차장을 지나자 작은 언덕만 한 잿빛 암석이 등장했다. 그 앞으로 열 개 정도의 벤치가 있었다. 갑자기 현수의 눈이 동그랗게 커졌다.

"우리 큰일 났다!"

암석 오른편 위쪽에 구멍이 뚫려있었고, 그 속에 대리석으로 만든 아름다운 마리아상이 있었다.

"우리 불교잖아!"

"집이 불교지, 나는 무교야. 그리고 여기서 그런 소리 하지 마."

혹시라도 불교라고 하면 화장실을 못 쓰게 하기라도 할까 봐 동생의 입을 막았다.

큰 건물이 보여서 무작정 들어가 보았다. 아무도 없었다. 대신 유리문 옆에 커다랗게 '여자화장실→' 표시가 있었다.

표시를 따라가서 조심스레 불을 켜고 화장실로 들어갔다. 잔뜩 긴장하여 안으로 들어간 수지가 안도의 한숨을 내쉬었다. 성당 화장실은 아주 밝고 깨끗했다.

"예쁘다, 그렇지?"

"난 모르겠어."

거대한 암석 위 오른편 구멍에 사람 키만 한 마리아 님 동상이 있었다. 화관을 쓴 마리아 님께서 고이 두 손을 맞대고 계신 모습이 아름다우면서도 무척이나 인자해 보였다. 수지는 하얀 대리석의 마리아 님을 보다가 두 손을 모으고 기도하였다.

"너도 기도해."

"우린 불교잖아."

"무슨 종교든 기도하면 좋을 거야."

"뭐라고 기도해?"

"뭐긴, 우리 엄마 아빠 돌아오게 해달라고 해야지."

또다시 현수의 눈에 눈물이 고였다.

"울지 말고 기도하래도."

"엄마 아빠가 빨리 돌아오시게 해주셔요. 마리아 님."

"엄마 아빠가…… 보고 싶어요."

"그리고 여기서 이사 가게 해주세요."

***

"먼저 집에 가."

현수를 보낸 후, 혼자서 정처 없이 걷다가 다시 골목 안으로 들어와 흰 벽돌집 앞에 다다랐을 때였다.

소리가 들렸다. 공기 속 분자들이 움직여 귀로 흘려 들어와 고막을 울리고 뇌에 전달했다. 그리고 가슴을 두드렸다. 그 소리는 아주 정교하게 조직된 소리였다. 즉, 음악이다.

"너무 좋아."

바람이 불어왔다. 그 바람의 리듬에 맞춰 바이올린 활처럼 일제히 나뭇잎이 펄럭였고 수지의 긴 생머리도 그 연주에 합세시켰다.

"어?"

흩날리는 머리를 가다듬던 수지는 마치 오랜만에 반가운 벗이라도 만난 듯이 입가에 미소를 머금었다. 오케스트라의 연주 소리가 흰 벽돌집 창밖으로 더 크고 선명하게 울렸기 때문이다. 다리가 저려도 그 집 담벼락에 서서 흘러나오는 음악 소리를 귀동냥하는 걸 멈추지 않았다. 베토벤이니까!

낮고 구슬픈 첼로가 조용히 등장하고, 곧이어 쾌활하면

서도 애절한 바이올린이 등장해 가슴을 떨리게 했다. 수지는 황홀한 표정으로 두 악기를 반겼고 나지막이 음을 따라 흥얼거리기 시작했다.

"음음……."

마지막으로 영롱한 피아노가 등장했을 때는 수지의 눈에 눈물이 그렁그렁 맺혔다.

"피아노……."

세 악기가 서로서로 자신들이 더 아름다운 음색을 가졌다고 뽐내듯 대결했다. 수지 자신도 모르게 그만 악기들이 들려주는 이야기를 엿듣게 되었다.

바이올린과 첼로의 등장에는 애간장이 녹는다는 표정을 지었지만, 피아노의 등장에는 어김없이 눈물을 글썽였다.

"우와!"

어느새 모든 악기가 하나로 융합되고 거룩한 음으로 터져 나와 가슴을 강타한 순간, 또다시 눈물이 왈칵 치솟았다.

"돈 벌 거야."

나지막하게 중얼거리는 수지의 목소리는 침통하기 그지없었다. 그런 수지를 달래듯 다시 악기들이 속삭였다.

어서 그렇게 하라고 용기를 북돋는 것처럼.

***

"이럴 때가 아니지."

수지는 어서 정신 차리라는 듯 세차게 고개를 저었다. 지금 자신이 해야 할 건 오로지 일자리를 구하는 것이었다.

찾고 또 찾아야 했다. 아르바이트 자리가 보이는 족족 지원하였다. 번듯한 경력 하나, 내세울 기술 하나 없으니 찬밥 더운밥 고를 처지도 아니었다.

수지의 걸음은 이번에는 서점으로 향했다. 집에 돌아가기 전에 현수가 사용할 공책을 사야 했다. 카운터 앞에는 점장으로 보이는 중년 남성이 앉아있었다.

노트와 펜을 차례차례 둘러보았다. 노란 노트와 파란 펜을 골랐다. 현수가 좋아할 것이다. 왠지 무언가를 더 사고 싶었다. 수지는 다시 서점 안을 둘러보았다.

문뜩, 친구들과 레슨 마치고 서점이나 카페로 가서 놀곤 하던 때가 떠올랐다. 이젠 이런 서점에 오는 것조차 부담스럽고 부모님, 할머니께 미안했다. 가끔은 웃는 것조차도……

> 알바 모집
> 월~금
> 오전 8시~ 오후 4시

"저기 아직도 아르바이트생 모집하나요?"
"예, 아직 못 구했어요."
"저도 지원하고 싶어요."
"몇 살이에요?"
"18살이에요."
"어디 살아요?"
갑작스러운 질문에 수지는 얼굴을 붉혔다.
"못 봤는데. 난 여기 사람들 거의 다 알거든요."
"이사 왔어요."
"어디?"
"……."
수지의 입에서는 아무런 말이 나오지 않았다.
"어디인 줄 알아야 채용을 하죠. 저흰 집 가까운 사람만 뽑아요."
"……."
집에 관한 질문이 나오자 왠지 아무 말도 하지 못하게 되어버렸다.

"그냥. 저기…… 바로 앞에 살아요. 10분 거리."
"잘 됐다! 언제부터 출근 가능해요?"
"내일부터라도 돼요."
"그럼, 내일 교육 받으러 오세요."

얼결에 알바 자리를 구하고 서점을 나오던 수지의 가슴은 죄지은 것처럼 두근거렸다.

'왜지?'

시원한 바람이 불어왔다. 하지만 발개진 얼굴이 식지 않았다. 한 발 한 발 걸음을 옮기던 수지는 자신이 지금 사는 집을 부끄러워함을 깨달았다.

어쩌다가 이렇게 되었을까? 지금까지 일어난 일이 모두 꿈이었으면 좋겠다.

왔던 길을 따라서 터덜터덜 그 부끄러운 낡은 집으로 돌아왔을 때였다. 그 집처럼 회색빛인 할머니가 대문을 열고 나와 수지를 기다리고 있었다.

"왜 이리 늦었누?"

현수에게 줄 노트를 손에 들고 대문 안으로 발을 들여놓았다. 그러다 할머니의 뒤를 따라가던 수지의 눈에 어렴풋이 푸른빛이 들어왔다. 이내 곧 전에 본 흰 벽돌집 남자애의 모습을 발견했다.

그 애는 낡은 집에 들어가는 수지를 힐끔 쳐다보다가 눈이 마주치자 천천히 고개를 돌렸다.

마치 봐선 안 된다는 듯이.

"어서 들어가서 밥 먹어라."

"예, 할머니."

또래 잘생긴 남자애가 지켜보는 가운데 그 낡고 초라한 대문 안으로 들어가던 수지는 가슴이 욱신거렸다.

마치 들켜선 안 될 비밀을 들킨 사람처럼.

그런 낡은 집에 사는 사람이 신기하기라도 한 걸까? 계속 호기심에 찬 눈길을 보내는 남자애의 모습에 화가 치밀어 서둘러 걸음을 옮겼다.

방에는 갓 차린 상이 있었다. 모락모락 김이 나는 호박잎, 된장찌개, 나물, 어묵조림을 보고 현수가 투정했다.

"또야? 왜 맨날 맛없는 거만 해! 안 먹어."

"현수야, 잠시만이야."

그렇게 오래 살지 않을 것이다. 아주 잠깐일 것이다. 왜 그렇게 믿느냐면…….

몇 달 전, 야밤에 집을 떠나며 아빠가 수지의 손을 꼭 잡으며 그랬다.

- 아주 잠깐만 헤어지는 거다.

- 정말?

- 돌아오면 다시 예전처럼 하고 싶은 거 다 하며 살 수 있게 해주마. 약속하마.

그렇기 때문이었다.

"잘 먹겠습니다."

수지는 아빠와 엄마가 떠나던 날 그 뒷모습을 현수와 함께 하염없이 보던 때를 떠올렸다. 부모님을 보고 있는데도 외롭고 마음 아팠다.

"엄마, 아빠랑 할머니 말씀 잘 듣기로 약속했지?"

현수는 그제야 고개를 끄덕이며 밥을 먹었다.

저녁을 먹고 난 후, 수지는 시무룩하게 대답하며 책상에 엎드렸다. 그때부터 머릿속에서 현악기가, 관악기가, 타악기가 일제히 춤을 췄다. 제각각의 악기들이 끼리끼리 속삭이다가 어느새 하나의 음으로 뭉쳐져 웅장한 함성을 질렀다. 그리고 그사이를 은쟁반을 구르듯 또르르 화려하게 피아노가 등장했다. 그때부터 피아노와 오케스트라가 주거니 받거니 밀고 당기며 대화를 나누었다. 그뿐 아니라 수지에게도 속닥속닥 말을 걸었다. 수지의 눈에 눈물이 핑 돌았다.

"피아노 치고 싶어."

그렇게 조용히 한숨을 내쉬다가 이불을 덮어쓰고 잠을 청했다.

이부자리에 눕자, 머릿속에 울리던 음악이 그쳤다. 안도하며 눈을 감았는데 어찌 된 일인지 수지의 가슴 속에서 저절로 한 음 한 음 녹턴이 흘러나왔다. 수지가 가장 존경하는 거장의 연주 모습이 눈앞에 아른거렸고, 차차 그 주름지고 온화한 손이 수지 자신의 매끈한 손으로 바뀌었다.

찌르르 가슴이 아팠다.

수지는 겨우겨우 마음을 진정시키고 내일을 위해 다시 잠을 청했다. 내일은 내일의 태양이 뜬다.

뜨겠지? 안 떴으면 좋겠다는 생각이 아주 잠깐 들었다.

***

안개 깔린 이른 아침, 동네에는 고요가 흐르는 가운데 사람들은 바쁜 발걸음을 옮겼다. 수지와 현수도 빠르게 걸음을 옮겼다. 그러다가 흰 벽돌집 정문에 다다른 순간 불쑥 대문이 열렸다. 남자애가 어렴풋이 보였지만, 수지는 곁눈조차 주지 않고 가던 길을 재촉했다. 등 뒤로 찌르는 듯한 시선이 끈질기게 따라붙었고 이내 곧 수지를 부르는 목소리가 들렸다.

"이봐!"

다가왔다.

성큼성큼 자신 쪽으로 다가오는 기척에 수지의 발걸음이 빨라졌다. 하지만 추격자의 발걸음이 더 빨랐고 금세 따라잡혀 나란히 걷고 있었다. 곁눈으로 보이는 비죽배죽 웃고 있는 저 얼굴은 역시나 어제 봤던 성질 급한 애였다.

"이웃인데 친하게 지내."

"……."

수지는 못 본 척 계속 길을 걸었다. 아직 출근까지 시간이 넉넉하니 현수를 버스정류장까지 바래다줄 생각이었다.

"564번이지?"

"응. 3분 후에나 오나 봐."

버스 전광판을 보다가 다시 자전거를 발견하고 눈살을 찌푸렸다. 현수와 버스를 기다리는 내내 그 애가 옆모습을 쳐다보는 게 느껴졌지만 무시했다.

현수가 버스를 타자, 수지는 왔던 길을 돌아갔다. 서점에 들어갈 때까지 그 남자애는 자전거를 끌며 조용히 따라왔다.

대체 왜?

"지금부터 교육할까요?"

"예."

점장과 함께 있는 수지의 모습을 서점 유리창 밖에서 본 그 남자애가 기합을 넣어주듯 주먹을 쥐어서 보였다. 수지는 자신의 손바닥을 내려다보았다.

'화이팅!'

청승은 인제 그만. 이제 세상 속에서 열심히 살아갈 것이다.

"여기 해보세요. 통신사 포인트 사용하는 법은 꼭 기억해두셔야 하는데. 어느 통신사 사용하세요? 우리는 ...."

"휴대폰 없어요."

"예에?"

"없어요."

"허허, 십 대가 휴대전화가 없다니. 거참, 어디 오지에서 살다 왔어요?"

"......."

점장이 이마를 짚고 눈살을 찌푸리며 빤히 보고 있었다.

"곱게 자라서 그렇죠? 손보면 딱 봐도 고생 안 해본 게 태가 나요. 일이야 천천히 배운다지만 낯가림이 심해서 이거야 원."

그때, 남자애 손님들이 우르르 다가왔다. 고등학생 나이의 남자애 세 명이 컴퓨터 자격증 관련 책을 늘어놓았다.

"이리로 주세요."

"저분이 계산해주시면 좋겠어요."

"예? 아, 그러세요. 해보세요."

수지의 계산은 느렸지만, 그 손놀림은 어딘가 우아하고 리듬감이 있었다. 손님들은 가만히 수지의 아름다운 손을 지켜보곤 했다.

"천천히 하세요."

수지의 손은 느리지만 제대로 갈 길을 찾아갔다.

"15,300원."

"여기 카드."

수지는 살금살금 포스기를 눌렀다. 딸랑, 딸랑. 딸랑, 딸랑…….

"어라?"

"왜요?"

"아까부터 손님이 많아진 것 같지 않아요? 이 시간이 손님이 많을 시간이 아닌데. 복동이인가 봐요."

"열심히 할게요!"

"하긴, 일은 천천히 배우면 돼. 사람만 착하면 되지요."

가게 문이 짤랑 열렸다.

"어서 오세요! 인사!"

"어, 어서 오세요."

조금 느려도 그 어떤 손님도 닦달하지 않았다. 그뿐인가.

"잘하네요. 느려도 그렇게 정확히 해야지요."

사장도 보기완 달리 마음이 넓은 사람 같았다. 수지는 생각했다.

이래서 세상은 아직 살만하다고 하는 건가 보다.

"오늘은 여기까지 하고, 그만 가보세요."

***

다음 날, 아침에 길을 걸으며 공기를 마셨다. 이 아침 공기는 그 그늘진 방 안에서는 맡을 수 없는 것이다. 그래서 이 아침 공기에 에워싸이면 자신도 보통 사람처럼 느껴져서 좋았다.

서점에는 걸어서 10분이면 도착할 수 있었다. 시간이 넉넉했지만, 아침 길의 행인들 모두가 바쁜 까닭에 수지도 걸음을 재촉했다.

"여기요, 여기!"

여학생 둘이 참고서를 내밀고 발을 동동거리고 있었다.

"늦었어요!"

가방과 책을 챙기고선 서둘러 맞은편에 있는 학교로 달려가는 학생들을 눈으로 좇다가 수지는 즐거운 듯 웃고 있었다. 자신도 저 아이들처럼 힘차게 뛰놀던 때가 있었던가? 가만히 떠올려보았다.

있었다.

이곳에 와서 살기 전까진……. 평범한 저들과 다를 바 없었다. 그게 언제냐면…….

또다시 떠올리고 말았다. 콩쿠르에서 피아노를 치던 행복했던 자신의 모습을.

"나 알지?"

갑자기 낯익은 얼굴이 나타나 수지의 가슴을 철렁하게 했다.

같은 고등학교에 다녔던 이하영이었다. 하필이면 은채와 친했던 애였다. 수지가 어떻게 지내지는 소문 나는 건 시간문제였다. 이하영이 수지를 빤히 보며 피식 웃어 더 불안하게 만들었다.

"이사 왔구나? 친하게 지내자."

"그, 그래."

어쩌면 이미 수지네 집이 어디인지 알지도 모를 일이었다. 심장이 쿵쿵 뛰고 있었다. 죄지은 사람처럼…….

"아니야."

이하영을 불편해하는 것은 자신의 콤플렉스 때문일 것이다. 언제가 되어야 이런 콤플렉스에서 벗어나게 될까.

수지는 한숨을 내쉬다가 가게 벽에 붙어있는 시계가 9

시를 가리키는 것을 보았다.

"어서 오세요."

짤랑짤랑 가게 문에 달린 풍경이 들리며 신선한 아침 공기와 함께 사람들이 밀려 들어왔다. 이렇게 많은 사람이 다 어디에서 나오고, 어디로 가는 걸까? 각자의 직장과 학교로 갈 것이다. 그래서 모두가 급하다.

"B 수학참고서!"

"……."

B 수학…… 수지는 참고서를 둘러보았다. 세상에 사람들이 많듯이 참고서도 종류가 많았다. 누구는 국어, 누구는 영어, 누구는 수학……. 다 달랐다.

"볼펜도."

"예."

"주황으로!"

"예, 예."

"참고서는요?"

"예? 아, 예."

남자가 책에 시선을 던지고 있었다. 수지가 책을 건네자마자, 문밖에 세워둔 자동차로 뛰어갔다. 그리고 조용하다.

아침 동안 만난 사람들의 얼굴을 하나하나 떠올려보았다. 의외로 친절한 사람이 많았다. 그래서 이곳이 마음에 들었다.

 봄꽃이 핀 경치도, 달콤한 밀크티도, 평온한 음악 소리도 모두 가까이에 있는 이 순간이 더없이 편안했다. 고등학교를 자퇴하기 전 마음고생을 많이 하였기에 더 그렇게 느끼는 건지도 몰랐다.

***

 "소문……."
 초등학생인 현수는 학교에 가면 몇 개나 다니던 학원을 하나도 다니지 못하여 아이들이 왜 학원에 안 나오냐고 캐묻곤 했다. 수지는 고등학교를 자퇴해서 사정이 조금 나았다. 하지만 이미 소문이 무성하게 나 있는 건 현수와 같았다.
 '수지네 망했대.'
 친구들의 수군거림과 힐끔거리는 시선은 몸을 움츠리게 했다.
 ─소문이야, 진짜야?
 무어라 답하기 힘들어 그냥 가만히 있었더니 친구들이 하나, 둘 멀어져갔다.

– 아무 말도 하지 않는 너에게 실망이야.

가장 친했던 은채도 차갑게 등 돌리고 다른 친구들과 다녔다. 초등학생 때부터 항상 함께한 은채이지만 수지네가 망하고부터 은연중에 거리낌이 느껴졌다.

고등학교에서의 생활을 떠올리자 아침 공기가 이상하도록 차갑게 느껴져 양팔을 팔짱을 꼈다.

수지는 친구들이 자기 집 사정을 모르길 바라서 아무 말도 하지 않았다. 그러면 모를 줄 알았다. 하지만 은채의 눈치가 모든 걸 말해주었다. 그리고 가르쳐 주었다. 세상에 숨기려 하면 할수록 더 드러날 뿐이었다.

"도대체 이 세상에 숨길 수 있는 게 있긴 할까?"

"있어요."

불현듯 젊은 남자의 목소리가 들렸다. 놀라서 고개를 들자 키 큰 남자의 가슴께에 눈길이 닿았다. 손님이 뭐라고 말할지 궁금해서 조금 더 높이 올려다보았다.

"……"

남자는 수지의 얼굴을 바라보며 웃기만 했다. 눈이 마주치자 그 남자는 수지에게 무언가를 내밀며 그제야 말을 이었다.

"선행?"

수지는 남자의 말이 일리가 있다고 감탄하며 남자가 건넨 무언가를 쳐다보았다. 놀랍게도 수지 눈앞에 종이비행기가 있었다. 얼결에 받아들고 쳐다보았다.

```
┌─────────────────────┐
│      이은혁         │
└─────────────────────┘
```

한쪽 날개에 이름이 쓰여 있었다.

```
┌─────────────────────────────┐
│                             │
│      010-1234-5678          │
│                             │
└─────────────────────────────┘
```

다른 쪽 날개에는 전화번호가 쓰여 있었다.
황당해서 수지가 다시 보자 남자가 웃었다.
어째서일까? 궁금하여 남자를 물끄러미 쳐다보았다.
남자는 조금 그은 얼굴이었다. 진한 눈썹 아래 기다란 눈이 반짝이고 있었다. 높은 콧대에 적당히 보기 좋게 둥그스름한 콧날을 가지고 있었고 입술은 도톰하였다.
잘생겼다.
"왜 그렇게 봐요?"
또다시 남자가 웃었다. 그 웃음은 자기가 잘생긴 걸 너무나도 잘 아는 뻔뻔스러운 웃음이었다.

"버지니아 영어 참고서 주세요."

"몇 살이세요?"

성인이 종이비행기를 갖고 놀 리는 없다.

"열여덟 살이에요."

열여덟, 수지와 동갑이었다. 그렇다면 이 남자애에게 종이비행기는 추파 던지는 데 이용되는 것일지도 몰랐다. 불쾌해진 수지는 종이비행기에서 눈길을 거두고 몸을 돌려 책의 바다를 헤맸다. 고등학교 교재 주제에 이름이 거창한 걸로 보아 수준이 높은 걸 거고 그건 저쪽….

'모르겠어.'

수지는 살짝 눈살을 찡그리며 다시 책을 둘러보았다. 그때, 쿡, 아래에서 2번째 책들 위로 무언가가 닿았다가 툭, 바닥으로 떨어졌다.

땅 밑을 내려 보니 노란색 종이비행기가 떨어져 있었다. 그리고 보였다, 버지니아가.

"찾았다!"

마치 지구본에서 숨어있는 나라를 찾아낸 아이처럼 기뻐하는 수지가 귀엽다는 듯 남자가 웃었다.

"번호, 알고 싶어요."

그런 뻔뻔한 말을 하는 남자애의 입술을 보며 수지는 그 남자애의 아랫입술이 역시 조금 도톰한 감이 있다고 다시 생각했다.

"번호, 없어요."
"거짓말이죠?"
"진짜로 없는데······."
"유치원생도 다 가진 휴대전화가 없다고요?"
"예, 없어요."
수지는 쌀쌀맞게 느껴질 정도로 차갑게 고개를 돌려 다시 포스기를 보았다.
"안녕히 가세요."
수지가 아래만 보고 있자 남자애가 발길을 돌렸다. 짤랑, 문이 닫히는 소리가 울렸다.
"그럼, 수고하세요."
남자애가 나갔다. 수지는 그제야 고갤 들고 남자애를 찾아보았다. 유들유들 걸어가는 큰 키의 남자애 뒤로 펼쳐진 곱게 핀 아카시아가 보였다.
아마 그래서일 것이다. 초록 잎사귀와 하얀 아카시아 꽃, 그리고 그 밝고 건강해 보이는 그 남자애가 싱그러워 눈을 뗄 수 없었다
남자애는 수지가 지켜보는 걸 꿈에도 모른 채, 살짝 고개를 숙인 채 폰을 보고 있었다. 귀에는 보라색 반짝이는 무선이어폰이 꽂혀 있었다.
'저런 애는 무슨 음악을 들을까? 모차르트 님······ 베토벤 님······ 바흐 님······ 헨델 님······ 쇼팽 님······ 슈만

님…….'

후, 수지는 한숨을 내쉬며 서점 안으로 시선을 주었다.

'다 …… 그리워.'

특히 친구들과 함께 놀던 아무 걱정 없던 때가 못 견디게 그리웠다.

목련처럼 은은한 바람

***

"김수지!"

자신의 이름을 부르는 소리에 놀라서 뒤돌아보았다.

"수지야!"

단짝 은채와 같은 반 친구들이 우르르 서점에 와 있었다.

"어떻게······."

"하영이가 널 여기서 봤대서 안 믿었는데 진짜네? 오늘 너희 집 따라가서 네가 피아노 치는 거 들으려고 왔어."

순간 머리털이 곤두서는 것 같았고 발이 얼어붙는 것 같았다. 타이밍 나쁘게 그때 사장이 출근했다.

"퇴근 시간이지? 왜 안 가?"

은채가 생긋 웃으며 말했다. 원래 은채는 다정하고 사교적인 아이였다. 지금도 여전히 생글생글 잘 웃지만, 어딘가 새침한 인상으로 변해버렸다. 아마도 이런 새침한 표정을 보이기 시작한 건 작년 콩쿠르에서 수지가 대상을 받고부터일 것이다.

"이번엔 거북이야? 왜 이렇게 느려?"

'이대로 뛰어서 도망가 버릴까. 아냐. 성당으로 들어가 숨어버릴까.'

성당이 가장 좋을 거 같다고 생각하다 고개를 저었다. 혹시라도 친구들이 우르르 따라와 민폐를 끼치면 어쩌지? 화장실을 사용하게 해주는 고마운 성당에 또 신세를 질 수 없었다.

"김수지 걸음은 왜 저리 늦어?"

뒤에서 말소리가 들려올 때마다 심장이 쿵쿵 뛰었다. 성당 앞에 다다르자 자신도 모르게 두 손을 꼭 쥐었다.

'제발, 제발, 제발 쟤들이 되돌아가게 해주세요.'

"김수지, 어디까지 가야 해?"

점점 더 바짝 쫓아오고 있었다. 수지의 걸음이 더욱더 빨라졌다.

쿵쿵, 친구들의 발소리일까. 아님. 수지의 심장 소리일까.

집과 가까워져 갈수록 머릿속이 새하얗게 되었다. 어떻게든 그 낡은 집을 들키는 것은 피하고 싶었다. 어쩔 수 없이 왔던 길을 다시 돌아서 큰 도로로 나갈 생각을 하며 몸을 돌리던 순간이었다.

은은한 꽃향기가 풍겼다.

향기를 따라 고개를 돌리자, 흰 벽돌집 빨간 문이 열려 있는 게 보였다.

"수지야!"

어느새 가까워진 친구들에 둘러싸여 있던 때, 문득 수지의 시야를 잡던 무언가가 있었다. 문으로 나오던 남자애에게 시야가 머무른 순간, 수지의 눈이 커졌다. 바로 종이비행기 그 남자애였기 때문이었다.

그 애의 얼굴에 반짝이는 땀방울이 매달려 있었고 흑갈색 머리카락 몇 올도 이마에 붙어있었다. 그 모습이 이상하도록 수지의 눈 안으로 선명하게 스며들었다.

그 남자애는 뒤늦게 수지를 발견하고 환하게 미소 지으며 손을 흔들었다. 햇살……. 조금 전의 따가운 느낌과는 달랐다. 왠지 한없이 느릿느릿하게 느껴졌다. 왜 그런 느낌이 들었는지를 생각하다가 걸음을 멈추고 말았다.

"수지야?"

"아, 그래."

"김수지, 너희 집 아직 멀었어?"

"이제 거의 골목 끝이잖아?"

"너희 집 진짜 소문대로 가난해진 거야?"

못됐다. 그래도 친구였는데…….

그 남자애는 얼굴이 새빨개진 수지를 힐끗 보다가 그 뒤로 바짝 다가오는 여자들을 빠르게 훑어보고 다시 수지를 쳐다보았다. 점점 얼굴이 새빨갛게 물들어가던 수지를 보던 남자애의 눈빛에는 조금 당황한 기색이 엿보였다.

"왜 그렇게 슬퍼 보여요?"

"친구를 잃었어요."

"친구를 얻었지요."

"뭐라고요?"

"와요."

남자애가 손을 내밀었다. 저 애는 왜 다정한 눈을 하고 있지? 마치 아빠의 눈길처럼.

"이리로."

자신도 모르게 한발 한발 옮기고 있었다.

"김수지!"

또 친구들이 크게 소리쳤다. 일순간 자신도 모르게 멍하니 서 있던 수지를 남자애가 끌어당겼다. 왜…… 따스하지? 마치 엄마의 손길처럼.

"…… 왜 이래요?"

잡혔던 팔을 빼내던 순간, 꽃향기가 진동했다. 그리고 다시 한번 더 그 애의 손이 다가와 수지를 끌어당겼다.

"친구 할래요?"

"그쪽은 누군데요?"

"이 집 첫째. 이은혁."

수지는 황당하여 남자애의 얼굴을 빤히 보았다.
"내가 누군지는 알아요?"
"누군데요?"
"가난한 집 장녀."
남자애는 쌍꺼풀 없이 큰 눈으로 수지를 바라보다가 입술을 열었다.
"상관없어요. 들어가요."
수지는 다정하게 미소 짓고 있던 그 모습을 보며 느꼈다.
'좋은 사람이구나.'
왠지 믿을 수 있었다. 그래서 모르는 사람의 집으로 따라갔다. 그런 자신이 신기하였는지 아까 남자애에게 잡혔던 자신의 팔을 내려다보았다. 잠깐 닿았던 감각이 옅은 자국처럼 남아서 간질간질하게 맴돌았다.
한 발 한 발, 조심스레 안으로 발을 내디디자 꽃향기가 물씬 풍겼다. 울창한 초목이 우거진 정원의 한가운데 자리한 대리석 분수대에서 뽐내듯 물방울이 피어올랐고, 화단의 꽃들은 화려한 빛과 향을 뽐내며 피어있었다. 분수의 물줄기 너머로 보이는 커다란 유리창으로 고가구와 그림 따위가 살며시 엿보였다.
"저기 봐요."
남자애의 시선을 따라서 계단 위에서 밖을 내다보았다.

옛친구들이 마치 닭 쫓던 개처럼 허탈하게 수지를 주시하는 모습이 보였다. 그리고 마당 한 편에 곱게 핀 목련도 시야에 들어왔다.

그 순간, 그 하얀 꽃이 봄 햇살보다 더 포근하게 느껴졌다. 그건 아마도 안도감이 온몸에 퍼지고 있기 때문일지도 몰랐다.

다시 뒤를 보았다. 옛친구들이 돌아가고 있었다.

"들어가요."

수지가 가만있자 남자애가 싱긋 웃음 지었다. 어딘가 그날 햇살처럼 밝은 웃음이었다.

***

환하고 긴 복도를 지나자 입이 벌어질 만큼 큰 거실이 나타났다. 은은한 색의 대리석 바닥으로 마감되었고, 창이 여러 개라 채광도 좋고 확 트인 느낌을 주었다. 안 되어도 100평은 되어 보였고, 방 문이 많았다. 부엌을 지나고 문이 살짝 열려 있는 방에 다다랐다.

"친구니?"

자상한 분위기의 아주머니가 방에서 나와서 반가운 표

정으로 맞이했다.

"어디 사니?"

"저는······."

또 말문이 막혔다. 저 다정하게 보이는 아주머니가 자신이 낡은 집에 산다고 하면 싫어할 것만 같았다.

"무슨 동네니?"

"······."

남자애가 가만히 수지를 보고 있었다. 그 맑은 눈빛을 보며 수지는 마음을 다잡듯 심호흡을 한번하고 나서 입을 열었다.

"이 동네예요. 옆에 오래된 한옥에 살아요."

속사포처럼 빠른 수지의 말에 그 집 첫째와 엄마의 눈이 조금 커졌다가 다시 작아졌다. 그리고 다시 미소가 맴돌았다.

"그래? 가까워서 좋네. 자주 놀러 와."

"예? 예."

"식사 준비할게. 잠시만 기다려."

남자애는 차례차례 집 안내를 하였다. 그러다 서재로 보이는 한 방으로 들어가게 되었다. 사방에 책이 보이고, 많은 상장이 가장 먼저 눈에 띄었다.

"공부 잘하세요?"

"잘해요."

"고등학생이겠네요?"

"아니요. 자퇴한 후에 검정고시 쳤고 이제 수능 준비 중이에요."

"그렇군요."

수지 자신과 같았다. 왠지 친밀감이 생겨서 관심 있게 주변을 보았다. 액자에 걸린 사진을 발견하고 다가가 물끄러미 보았다.

"닮았네요."

"저 아니에요."

수지도 알고 있었다. 어릴 때도 새하얀 피부인 걸로 보아, 일전에 본 자전거를 탄 성격 급한 남자애인 걸 한눈에 알아보았다. 반소매 셔츠를 입고 손으로 브이 자를 그리는 당돌해 보이는 모습이 지금과 아주 많이 닮았다.

"그건 동생이고 전 왼쪽 액자예요."

왼쪽에는 태권도 도복을 입고 얼굴을 살짝 찌푸린 남자애가 있었다.

"왜 찌푸리고 있어요?"

"동생이 장난감을 가져갔거든."

"동생에게 진 거예요?"

"어쩌면요."

"누가 더 셌어요?"

"어릴 적에는 동생이 몸이 약했어요. 자주 쓰러지고

앓았지요."

"져줄 수밖에 없었겠네요."

"글쎄요."

"지금은 키도 크고 건강해 보이던데요. 사이 좋아요?"

"맨날 싸워요."

이 집은 이 동네에서 가장 크고 아름다운 저택이다. 드라마 같은 걸 보면 이런 부잣집은 겉만 크지, 내실은 병이 들어있지 않나? 바깥주인은 숨 막히게 권위적이고, 안주인은 항상 두통으로 침대에 누워있을 것이다. 형제는 서로 증오하여 맨날 싸우고 있을 것만 같았다. 하지만 이 흰 벽돌집은 지극히 평범한 가정이었다.

부러웠다. 그중에서도 가장 부러운 건 책상 위 블루투스 스피커와 이어폰이었다.

"몇 살이세요?"

남자애가 물었다.

"……."

수지는 답하지 않았다.

"이름은요?"

"……."

그 또한 새침하게 침묵을 지켰다.

"김수지, 맞죠?"

"어떻게 알아요?"

"아까 여자애들이 그렇게 불렀으니까요."

"네."

"남자친구 있어요?"

"아니, 없어요."

"저도 없어요."

"남자친구가요?"

살짝 창으로 고개를 돌린 그의 입가에 미소가 어른거리는 걸 보면서 수지도 따라서 웃고 말았다.

그 순간, 남자애의 뒤로 보이던 창에서 햇살이 강하게 들어왔다. 그 창밖으로 그림처럼 수 놓인 하얀 목련이 햇살에 빛나고 있었다. 은은한 바람에 기분 좋게 흔들리는 목련꽃을 보노라니 왠지 모를 나른함을 느꼈다.

"어떤 음악을 좋아해요?"

"모……."

남자애의 입에서 음악 이야기가 나온 그때, 자신도 모르게 입술을 달싹거리다가 말았다. 수지가 음악에 대해 말하면 보통 남자애들은 잘난 척한다며 놀리곤 했기 때문이었다.

"종이비행기?"

책상 위에 여러 색깔의 종이가 보였다. 그 옆으로 종이비행기도 있었다. 하나 들어서 보니, 빽빽하게 영어가 쓰여있었다. 다른 비행기도 들어서 물끄러미 보았다. 이번에는 수학 공식이 빽빽하게 쓰여있었다. 완벽하게 습득하고 나면 비행기로 접어서 날리는 것 같았다.

"종이비행기가 좋아요. 좋아하는 사람에게 날려주고 싶거든요."

"왜요?"

"그 사람이 종이비행기처럼 날아오르길 바라서요."

"그렇게 깊은 뜻이 있는 줄은 몰랐네요. 이거 써도 돼요?"

수지는 빨주노초파남보 색종이 중에 빨간색 종이를 집어 들었다. 반듯반듯하게 종이를 접어서 비행기를 만들고 비행기 오른쪽 날개에 연필로 한 자 한 자 또박또박 적었다.

"뭐라고 적었죠?"

"보면 안 돼!"

갑작스러운 반말에 남자애는 눈이 커져서 쳐다봤다.

"몇 살이에요?"

"그건 비밀."

자신도 모르게 또다시 남자애에게 반말했다.

"비밀이야?"

이제는 남자애도 반말이었다. 수지가 새침해져서 남자애를 피해 방 밖으로 나가려던 때, 톡톡톡 노크 소리가 들렸다.

"식사하러 오렴!"

수지는 그 자상한 목소리를 따라서 빨강 종이비행기를 들고 서둘러 방을 나갔다. 그 집의 부엌은 은은히 켜진 붉은 빛 조명, 테이블 위 노란빛 촛불이 낭만적인 느낌이었다. 조용하고 느긋하게 식사하기 좋을 것 같았다.

"우리 집에 처음 온 은혁이 여자친구라 신경 좀 썼어."

"여자친구 아니에요!"

수지가 소리쳐도 그 남자애의 엄마는 미소 지으며 식탁을 차리는 데만 신경 썼다.

시골에서 살다 온 할머니가 차려주는 밥상과는 달랐다. 예쁜 접시에 담긴 도미 스테이크는 그 모양만큼 육질이 연하고 고소했다. 조심히 한 점 썰어 씹어보았다.

"입에 맞아?"

"맛있어요."

상큼한 치즈 토마토 샐러드를 먹으며 매일 엄마가 차려주던 밥이 떠올랐다. 그리고 포크로 스테이크를 집어서 입에 집어넣을 때마다 이상하게도 현수와 할머니 얼굴이 떠올랐다.

"은혁이와 동갑이야?"

"네."

남자애가 큭, 하고 웃는 게 곁눈으로 보였다. 수지는 모르는 척 디저트로 나온 스콘을 먹으며 레몬 에이드를 마셨다. 그러자 이 집의 모든 게 달콤하게 느껴지고 부러웠다.

"그럼, 고등학생?"

"자퇴하고 서점에서 일해요."

"어머, 그랬구나. 혹시 피아노 쳤어?"

"예."

"어떤지 유난히 손가락이 길고 예쁘더라. 한 곡 쳐줄래?"

"피아노가 있어요?"

거실 끝 아주 넓은 방에 그랜드 피아노가 있었다. 반쯤 햇살이 내려앉아 있는 그 아름다운 피아노를 수지는 넋 놓고 바라보았다.

"어머니께서 피아노를 잘 치셔. 베토벤을 좋아하시지."

"저도 좋아해요. 만져도 돼요?"

"그럼!"

오랜만에 피아노와 만나니 가슴도, 손도 떨렸다. 건반 위에 손을 올리고 건반 몇 개를 눌렀지만 도통 손가락에 힘이 들어가지 않았다.

"안 쳐?"

질끈, 눈을 감고 피아노 건반 하나를 꾹 눌렀다. 맑게 울렸다. 수지는 건반 몇 개를 더 쳐보며 환히 웃었다.

"무슨 곡을 칠까요? 베토벤이 좋겠죠?"

월광 소나타'를 선택했다. 1악장, 그토록 치고 싶었던 피아노를 친다는 그 환희의 감정이 지나고, 이 피아노 주인인 아주머니처럼 다정한 2악장도 지나고, 3악장을 치기 위해 한번 숨을 가다듬었다. 이내 다시 건반 위에 손을 올리고 빠르게 활주하였다. 강렬한 곡에 심장이 두근두근 약동했다.

"그만!"

갑작스러운 고함에 놀라 수지의 피아노 소리가 뚝 끊겼다. 돌아보니 자전거를 타던 남자애가 보였다. 왠지 잔뜩 화 나 보였다.

"시끄러워서 머리 아파."

수지는 못내 아쉬워하며 건반에서 손을 뗐다. 그러자 자전거 남자애는 피아노 뚜껑을 닫아버렸다. 거실에는 씁쓸한 기운이 감돌았다.

"미안해, 수지야. 오늘 우리 둘째가 컨디션이 안 좋은가 보네. 나중에 1시간이든 2시간이든 네가 치고 싶은 대로 쳐."

형제의 어머니는 정말이지 다정다감한 분이었다.

"정말 잘 치더라. 피아니스트인 줄 알았어!"

이 집 첫째도 그 어머니처럼 다정했다.

"고마워."

"멋지다!"

감탄하듯 바라보는 첫째의 그 반짝이던 눈빛에, 왠지 어린 목련 꽃잎처럼 가슴이 떨렸다.

"그만 갈게."

"수지야, 피아노 치고 싶으면 언제든지 와."

신신당부하는 아주머니를 뒤로하고 대문에 다다를 무렵부터 왠지 모르게 명치 부근이 어릿해지면서 눈물이 핑 돌았다.

그립다.

엄마, 아빠, 그리고 피아노…….

고개를 저으며 대문을 활짝 열고 집을 향해 걸었다. 오래지 않아 낡은 회색 집이 보이자 수지는 작게 한숨을 내쉬었다.

그때였다.

"형! 내가 먼저 발견했는데, 왜 쟤가 형하고 있어?"

"네가 먼저가 아냐."

"맞아. 이사한 첫날부터 만났으니!"

갑작스러운 큰 목소리에 수지가 걸음을 멈추고 뒤돌아보았다.

흰 벽돌집 첫째, 둘째가 나란히 서서 수지를 보고 있었다. 그들을 피하듯 수지는 자꾸만 걸음이 빨라졌다. 그러다 문 안으로 들어가면서 자신도 모르게 또 뒤돌아보고 말았다. 그 남자애들은 여전히 그 자리에 있었다. 수지가 돌아보자 형제가 동시에 인사를 건네듯이 한쪽 팔을 휘휘 저었다.

"그만 가!"

수지는 소리치면서 손에 들린 빨간색 종이비행기를 날렸다. 바람을 타고 빨간색 비행기가 형제를 향해 날아갔다.

어디로 떨어질까?

종이비행기가 떨어진 사람과 더 친하게 지낼 거라고 결정하였다. 남몰래…….

어라? 비행기는 엉뚱한 방향으로 날아가다가 회전했다. 두 남자애의 발치 중간에 툭, 떨어졌다.

"……"

아주 잠깐 세상이 정지 상태가 되었다. 1초가 지날 무렵, 두 형제가 동시에 움직이기 시작했지만 첫째를 밀치고 둘째가 후다닥 달려서 비행기를 집었다.

"모…차르트? 이게 뭐야?"

"너는 모차르트도 모르냐? 음악의 아버지!"

"바보냐? 음악의 아버지는 베토벤이지!"

하하하, 수지가 크게 웃었다. 그러자 형제가 돌아보았

다. 수지의 웃는 모습이 의외였는지 둘 다 가만히 보고만 있었다. 수지는 점점 더 크게 웃었고 배가 아픈지 손으로 배를 감쌌다.

얼마 만에 웃는 것인지 몰랐다. 이렇게 웃고 나니 마음에 어려 있던 회색빛 안개가 조금 걷히는 기분이었다.

"음악의 신이셔!"

"누가? 모차르트?"

"두 분 모두!"

그렇게 소리친 후 수지는 집을 향해 달려갔다.

우연히 들리게 된 낯선 집. 그곳에 피아노가 있었다. 그리고 그곳 형제들과 있으면 즐거웠다. 너무나도!

하늘이 유난히 청명한 그 날, 봄꽃 향이 실린 바람이 뺨을 스쳤다.

***

그날 밤 수지는 아름다운 꿈을 꾸었다.

아빠가 사준 붉은 드레스를 입고 빛나는 무대 위 조명 아래 서자 모두 숨죽이고 수지만 바라보았다.

두근두근.

피아노 앞으로 다가가 앉았다. 잠시 눈을 감고 마음을 다잡았다. 드디어 반지르르 윤이 흐르는 상앗빛 건반 위에 손을 올렸다.

휘장에 차이콥스키 피아노 협주곡이 울려 퍼졌다. 강렬한 1악장이 끝나고 아련한 2악장을 위해 건반을 내려치려던 순간,

"이제 일어나라."

할머니의 건조한 목소리가 들렸다. 그래도 수지는 움직이지 않았다. 눈을 감고 있으면 계속 음악을 들을 수 있을 테니까. 계속 꿈을 꿀 수 있을 테니까.

"수지야."

꿈 희망이었다.

"수지야."

피아니스트가.

아주 어려서부터 피아노를 배웠다. 몇 번이나 큰 상을 받은 수지니까 피아니스트가 되는 게 당연하지 않나?

"일어나라."

할머니의 엄한 목소리에 못 이기고 눈을 떴다.

'어색해.'

아침에 눈을 뜨면 모든 게 낯설었다.

'대체 여기는 어디고, 부모님은 어디에 있지? 이런 곳에서 살면서 피아노를 칠 수 있을까.'

어제 흰 벽돌집에서 본 멋진 그랜드 피아노를 떠올렸다. 수지에게도 있었다. 그 피아노는 다른 가구가 압류될 때 같이 잃었다.

수지는 자신의 피아노가 실려 가는 걸 보고 울었다. 그런 수지를 보고 있던 아빠는 금방이라도 눈물을 뚝뚝 떨어뜨릴 것만 같았다. 수지는 아빠의 그 모습을 본 후로 다시는 사람들 앞에서 울지 않겠다고 다짐했다.

지금 우는 것은, 나중에 더 멋진 그랜드 피아노를 사주겠다고 약속한 아빠를 믿지 않는 것과 다르지 않기 때문이다.

"밥 먹어야지."

또 할머니의 목소리가 들렸다. 그리고 현수의 고함도 들렸다.

"바퀴벌레다!"

수지는 꺅, 소리를 지르며 자리에서 벌떡 일어났다. 방방 뛰는 남매를 밀치고 할머니가 책으로 바퀴벌레를 죽였다.

아아, 불과 한 달 전만 해도 바퀴벌레 같은 건 본 적이 없다. 언제부터인가 바퀴벌레며 개미며 하물며 가끔은 집주변 쓰레기장에서 생쥐까지 보았다.

"너무 무서워요."

서둘러 씻고 후다닥 밖으로 뛰어나갔다.

언제나처럼 서점을 향했다. 아침 공기가 신선했지만, 머릿속에는 온통 피아노 생각으로 가득했다. 항상 음악을 들을 수 있다면 좋을 텐데.

"월급 받으면 사야겠다."

"뭘?"

둘째였다. 교복을 입고서 자전거를 세우고 수지를 기다리고 있었다. 귀에는 검은색 이어폰이 꽂혀 있었다.

"넌 무슨 음악 들어?"

"레드 제플린. 알아?"

"몰라. 제목은?"

"stairway to heaven. 들어봐."

핸드폰 스피커로 울리는 그 곡은 어떤 내용인지 몰라도 조금 슬픈 느낌이 들었다.

"너는 록 음악을 좋아해?"

"아니."

"그런데 왜 들어?"

"천국이 궁금해서."

"그런 게 왜 궁금해?"

"천국에 가고 싶으니까."

"크리스천이야?"

"아니. 그래도 가고 싶어."

"너 좀 이상한 애구나."

"그래? 너는 천국에 가고 싶지 않냐?"
"그런 건 생각해본 적 없어."
"보통 그 나이 땐 그렇지."
"뭐? 그런데 너는 나보다 더 어리면서 왜 반말 해?"
"고작 한 살 정도잖아?"
"그래도 어려."

흰 벽돌집 둘째 이휘혁은 올해 열일곱 살이었다.

"뭐 어때……."

돌연, 둘째가 수지 쪽으로 성큼 다가왔다. 코가 닿도록 바짝 가까워진 둘째 휘혁의 얼굴에, 수지는 당황한 듯 잠시 흠칫거렸지만 먼저 눈을 피하면 지는 것 같아서 시선을 거두지 않았다. 그사이 휘혁은 수지의 얼굴을 관찰이라도 하듯 빤히 보고 있었다.

"점이 4개네."

좀 이상하다. 그런 수지의 생각을 증명하듯이 그 애는 자전거를 세운 후, 한참 동안 움직이지 않았다.

"왜 안 가고 가만히 있어?"
"아파서."
"아파?"

수지가 놀라서 쳐다보자 그 애는 웃으며 고개를 저었다.

"하하하! 농담이야."

"진짜 왜 안 가냐니까?"

"실은 진짜로 아파."

"어디가?"

"다리."

"진짜?"

"진짜. 난 불치병에 걸릴 거야."

"드라마를 너무 봤구나."

"안 봐."

"정말?"

"잘 봐. 내 얼굴이 흰 건 그 복선이야."

"네 얼굴이 흰 건 네 어머니를 닮아서야. 어서 가."

수지는 더 들을 것도 없다는 듯이 휘혁의 등을 떠밀었다.

시계를 보니 오전 8시, 출근 시간이 다 되었다. 서점에 들어갔다.

"이상한 애네."

다리가 아프다면서 힘껏 페달을 밟고 있었다. 수지가 바라보자 손을 흔들었다. 그러다 무언가가 떠올랐는지 또 멈춰 섰다.

딸랑, 다급하게 문이 열렸다. 둘째가 긴장한 표정으로 달려와서 공책과 펜을 집어 들었다.

"김수지!"

"누나라고 불러."

"쳇, 한 살 많다고 되게 유세네. 동전 괜찮아?"

둘째의 손바닥에 500원짜리 동전이 놓여있었다. 안 되어도 10개는 되어 보이는 그 동전을 집으려고 수지가 손을 올리자 둘째가 흠칫거렸다. 휘혁은 놀란 눈으로 잠깐 자신의 손을 내려다보고 있었다.

"내 손 만졌어?"

"만진 게 아니라……"

둘째는 수지의 대답을 다 듣지도 않고는 등을 돌렸다. 그 얼굴이 안 보였지만 귀가 빨개져 있었다.

"일부로지?"

"우연이야."

둘째는 수지의 말을 들었는지 말았는지 그대로 밖으로 달려가 버렸다. 마치 신난 사람처럼 열심히 페달을 밟았다. 성질 급한 둘째의 모습은 순식간에 보이지 않았다.

***

"파란 볼펜."

"놀랐잖아!"

갑자기 나타난 이은혁이 웃음을 터트렸다. 그런 남자애 뒤로 강렬한 역광선이 비추고 있었고 마치 그 남자애의 등에 날개가 달린 것처럼 보였다. 천사처럼.

'이상해.'

저 첫째를 보고 있으면 자꾸 마음이 간질간질했다. 그런 수지를 놀리듯이 또 하얀 종이비행기가 휙 날아왔다.

부지불식간 그 동작에 시선을 빼앗긴 사이, 비행기가 수지의 손안에 날아와 있었다.

안녕?

종이비행기 한쪽 날개에 그렇게 쓰여 있었다. 수지는 비행기를 들어서 나머지 날개에 적힌 글씨를 확인했다.

좋아해

"왜 자꾸 놀려?"

"쉿."

그 감탄사를 잇듯 잔잔하게 스피커에서 흘러나오는 목관의 선율이 수지의 귓속을 파고들었다. 그리고 이 세상의 소리가 아닌 듯이 꿈결같이 경건한 피아노의 선율이 흘러나왔다.

그때 수지는 몸이 얼어붙는 것만 같았고, 머릿속과 가슴속이 먹먹해져서 무춤 정지해선 무방비하게 음악을 들을 수밖에 없었다.

'음악, 입상들의 숨결, 어쩌면/ 그림들이 흘리는 고요, 언어가 끝나는 데서 / 비롯되는 너 언어. 사라져가는/ 우리 마음의 방향 위에/ 수직으로 서 있는/ 너 시간.'

릴케의 시가 떠오르고 눈물이 핑 돌았다. 긴 한숨을 내쉬던 수지는 뒤늦게 남자애의 시선을 느끼고 순식간에 새침한 얼굴로 변했다. 그런 수지를 아랑곳하지 않고 첫째 은혁이 활짝 웃었다.

그 순간, 봄빛이 쏟아지고 있었다. 아름다웠다. 햇빛이 그 애의 얼굴에 내려앉은 모습이. 약간 그은 피부가 건강하게 빛나 보이는 모습도.

"왜 봐?"

이상하지. 아니, 신기하다. 첫째가 보이면 서점의 공기가 바뀌었다. 이 공간에 빛이 가득 찼다. 그리고 기분이 전환되곤 했다. 밝게······.

"계속······"

너무 오래 바라본 것 같았다. 눈앞의 남자애가 이상했는지 고개를 갸웃거렸다. 당황한 수지는 황급히 눈길을 돌리고 카운트로 가려 했다. 그런데 수지가 왼쪽으로 가면 그 애도 왼쪽, 오른쪽으로 움직이면 그 애도 오른쪽으로 움직였다.

"장난치지 마."

"비켜주려던 거야."

텔레파시라도 통한단 건가?

"거짓말."

"진짜."

"안 믿어."

불쑥 다른 손님이 들어왔다. 손님이 올려놓은 서너 가지 상품을 계산하다가 수지가 실수하였다. 펜을 떨어트렸다. 쨍그랑, 소리가 이상하도록 영롱하게 울렸.

은혁은 그 모습을 관찰하듯 반하게 지켜보고 있었다. 수지는 왠지 마음이 바빠져서 서둘러 계산을 마쳤고 짤랑 소리와 함께 손님이 가게 밖으로 나갔다.

수지가 다시 고개를 들고 은혁을 바라본 바로 그때, 낭만적인 피아노 선율이 시작되었다. 그리고 또다시 큰 유리창으로 빛이 쏟아져 왔다. 햇빛으로 반짝이는 그 순간 시간마저 멈춘 듯했다.

아무도 모르게.

***

수지의 마음을 흔들어 놓으려는 듯 이은혁은 매일 찾아와 어김없이 종이비행기를 날렸다. 그날도 종이비행기의 날개에 적힌 문구를 확인하던 수지의 눈이 커다랗게 벌어졌다.

```
LOVE
```

"또 장난이지?"
"난 장난 안 쳐. 이것 가져."
은혁이 수지 쪽으로 손을 내밀었다. 손바닥만 한 포장

된 상자에는 푸른색 작은 리본이 달려있었다. 리본을 풀고 포장지를 벗겨보았다. 그리고 상자의 뚜껑을 열었다. 하얀색 블루투스 이어폰이었다.

왜일까? 이 남자애는 자꾸 수지에게 무언가를 주려고 했다.

"계산해줘."

은혁이 카운터 위에 고른 물건을 우르르 놓고 있었다.

수지는 그 애에게서 시선을 돌리고 벽에 붙은 거울을 보았다. 마치 자신의 얼굴을 처음 본다는 듯이 뚫어지게 보았다. 발그레하게 뺨을 붉히고 있다. 이은혁과 있을 때는 항상 이런 모습일까?

"말해줘."

은혁이 흘낏 쳐다보았다.

"네가 보기에도 우리가 불쌍해?"

"……."

풋, 은혁의 입에서 기침이 튀어나올 뻔했다.

"말해줘."

"……."

당황한 모습의 은혁을 바라보던 수지는 그만 피식 웃어버렸다. 사뭇 진지한 그 애의 얼굴이 안쓰럽게 보였다.

"어지러워."

"갑자기?"

"너만 보면 정신이 어질어질해."

"너도? 나도 널 보면 그래! 그보다 우리 남매가 불쌍해?"

"왜 불쌍해?"

"정말?"

"씩씩하잖아."

진지한 그 애의 눈을 보는 동안 왠지 모르게 그 말이 사실일 거라고 느꼈다. 왠지 속이 후련했다. 족쇄 하나가 풀린 것처럼.

오후 3시가 넘자 둘째가 왔다. 둘은 진지하게, 어쩌면 싸우듯이 서로 쏘아보고 있었다.

"내가 그랬지? 실수일 거라고!"

"아냐! 일부러 그런 거야."

"수지가 왜?"

"당연히 내가 좋아서지!"

"웃기지 마. 고작 손가락이 손바닥 스친 게 대수라고!"

"대수지! 싫으면 피했을 거 아냐?"

동전을 내밀 때, 수지의 손이 휘혁의 손바닥에 닿은 걸 두고 논박이 한창인 듯했다.

"김수지는 날 좋아한대도!"

"착각도 유분수다. 모든 여자가 형을 좋아하는 것 같

지?"

 후 수지가 긴 한숨을 내쉬던 때 통유리창 밖으로 보이던 신록의 푸르름. 햇살의 선명함……. 늦봄의 빛은 가슴 시릴 만큼 환하였다.

 그런 빛으로 가득 찬 계절에 왜 자신의 마음 한편은 회색빛일까. 저 형제처럼 온통 하얀 빛이면 좋을 텐데…….

 짤랑, 서점 문이 열렸다.

 "누나!"

 현수도 그랬으면 좋겠다.

 수지는 현수를 보았다. 볼이 붉은 현수는 귀엽다. 하지만 도련님처럼 잘 차려입던 아이가 아무렇게 구겨진 옷을 입고 있었고, 머리도 자르지 않아 헝클어져 있었다. 자신의 모습도 다르지 않을 것이다. 자신과 동생을 남들이 불쌍하게 보게 놔두기 싫었다.

 "이 형들은 누구야?"

 "손님."

 동시에 형제의 얼굴이 찌푸려졌다.

 "왜 안 가?"

 "김수지가 좋아서."

 "무슨 헛소리야?"

 "생각하면 가슴이 뛰고 뜬금없이 생각나고, 막상 보면 얼굴에 열이 막 나."

둘째의 말에 당황하여 수지는 콧등을 찡그렸다. 최근 들어 수지도 그런 증상을 겪고 있어 더 당황스러웠을 것이다. 그런 수지의 옆얼굴 양쪽으로 따가운 시선이 와 닿았다. 오른쪽은 첫째, 왼쪽은 둘째.

"난 수지 얼굴에서 눈을 못 뗄 거 같아."

"형, 헛소리 마."

"김수지가 좋아. 비밀이야. 너만 알고 있어."

"나도 마찬가지야."

비밀이라면서 둘 다 목소리가 아주 컸다. 이 형제는 도대체 왜 이렇게 저돌적일까?

"누나는 어느 형이 좋아?"

"둘 다……"

세 남자애가 수지의 답을 기다리는 듯 물끄러미 보고 있었다.

"별로."

현수가 안도한 표정이 되었다. 수지는 두 형제를 흘겨보다가 수지가 바람에 날리는 긴 머리카락을 손으로 쓸어내렸다. 허리 중간까지 오는 긴 생머리는 햇빛에 옅게 갈색빛이 되어 있었다.

그 모습을 곰곰이 지켜보던 둘째가 형의 손을 자신의 가슴 중간으로 끌고 갔다.

"뭐냐?"

"뛰네. 왜 그래?"

그 모습을 보고 둘째 휘혁이 자신의 가슴을 꾹꾹 누르고 있었다.

"몰라. 이 가슴이 왜 이러지? 쿵쿵 뛰고."

"그러게, 커피 좀 작작 마시랬지!"

"한 잔도 안 마셨어!"

둘째 휘혁이 소리치자 현수가 웃음을 터트렸다. 현수가 이렇게 웃는 모습도 오랜만이라 수지는 저 형제가 고마웠다.

"친구야?"

"그런 거 같아."

이사하고 만난 첫 친구들에다가 착한 편이고, 아주 약간 듬직하기도 했다. 왠지 마음이 잘 통할 것도 같다. 그리고 무엇보다 그 형제가 오면 어둠이 사라졌다.

이렇게 매일 만나는 사이에 수지의 가장 친한 친구는 은채에서 첫째, 둘째 흰 벽돌집 형제로 변하였다.

그건 아마도 봄꽃 향기가 옅어지고 초여름의 장미 향이 짙어지기 시작하던 무렵부터일 것이다.

장미처럼 발그레한 설렘

***

"수지, 깼느냐?"

일요일 이른 아침 할머니의 목소리에 완전히 잠에서 깨어난 수지는 고개를 갸웃거리면서 방 밖으로 나왔다. 꿈을 꾼 것 같은데 전혀 기억이 나지 않았다.

"몇 시예요?"

"8시."

수지가 밥상을 들고 방으로 들어올 때, 할머니의 휴대전화기 벨이 울렸다. 아빠에게서 전화가 왔다.

"아빠, 잘 지냈어요?"

"그래."

아빠는 시간의 여유가 없는지 빠른 말투였다. 그것도 아빠의 달라진 점이었다. 예전에는 출장을 가서도 전화할 때면 목소리만으로도 여유가 느껴졌다.

"할머니 말씀 잘 들어."

"네. 아빠."

"현수 잘 돌보고 있지?"

"네."

언제부터인가 아빠는 항상 똑같은 말만 한다. 수지가

진짜로 듣고 싶은 말은 해주지 않는다. 사실 '언제 데리러 와?'라고 물은 적이 있다. 그러자 '아빠 힘들어. 조금만 참자. 열심히 노력해서 꼭 데리러 갈게.'라며 건조한 목소리가 들려와서 그다음부터는 듣기만 하고 입안에서 맴도는 '빨리 와'라는 말을 꿀꺽 삼켰다.

"사랑해."

이 세 음절 말이 귓전에 남아 맴돌았다. 전화를 끊고서도 떠나지 않았고 할머니와 현수의 말도 들리지 않았다. 그날 아침 따라 유난히 못 견디게 아빠와 엄마가 보고 싶었고 피아노도 치고 싶었다.

"밥은?"

"안 먹어요. 나갔다 올게요."

푸른 하늘과 맑은 대기를 느끼고 싶었다. 이 단칸방 안의 탁한 공기가 못 견디게 싫어서 화장실에도 갈 겸 성당으로 갔다.

청아한 대기가 몰려왔다. 덩굴장미가 꽃을 피우기 시작했다. 마리아상이 있는 암석 주변에도 온통 장미가 자리 잡고 있었다.

성당을 나와 큰 도로로 나왔다. 건널목 너머로 눈부시도록 밝은 빛깔이 사방으로 뻗고 있었다. 팔레트에 짜놓은 물감처럼 알록달록한 옷을 입은 사람들이 바삐 어딘가로 가고 있었다. 사람들을 따라 길을 가다가 눈길을 끄는 쇼윈도에 비친 자신을 발견하고 걸음을 멈추었다.

바투 다가가선 가게에 걸린 옷을 유심히 들여다보았다. 그러다 가게 쇼윈도에 비친 자신의 모습도 보았다.

허리 중간까지 오는 긴 생머리를 늘어뜨리고 저렴한 하얀 셔츠와 청바지를 입은 자신이 초라하게 보여 마음에 들지 않았다.

"김수지!"

성큼성큼 자신에게로 다가오는 자전거 바퀴 소리의 주인은 이은혁이었다. 그 애는 자전거를 타고 수지의 주변을 돌았다.

대기는 왜 이렇게 아련할 정도로 숨 막히는 걸까. 은혁의 자전거가 더 가까이 다가오자 수지는 또 다른 게 궁금해졌다.

"넌 왜 항상 날 봐?"

자전거로 수지의 주변을 돌다 은혁은 아침 햇살이 눈에 부신지 가늘게 실눈을 뜨고 있었다.

"네가 좋아서."

"내가 왜 좋아?"

"피아노를 잘 쳐서."

"정말?"

"날 위해서 한 곡 쳐줄래?"

정말 은혁과 텔레파시라도 통하는 걸까?

"어떤 곡 듣고 싶어?"

"모차르트."

"왜?"

"가장 좋아하니까."

수지도 그랬다.

"정말로 모차르트를 가장 좋아해?"

"그래."

"어떤 곡을 가장 좋아해?"

"피아노 협주곡 20번 d 단조."

수지도 그 곡을 특히 좋아했다.

"어째서?"

"마치 빛과 그림자가 교차하는 것 같아서 좋아. 모차르트의 이런 관조적인 면이 좋아."

수지도 그렇게 생각했다. 환희의 빛도 아니고, 눈물의 어둠도 아니며 슬픔도, 기쁨도 모두 초월한 선율 같았다.

은혁이 흰 벽돌집 대문을 열었을 때였다. 둘째 휘혁이 정원에 있는 모습이 보였다.

"누나!"

현수가 손을 크게 흔들며 달려오는 모습도 보였다.

"할머니가 돈 주셨어. 사 먹으래."

현수의 손에 2만 원이 꼭 쥐어있었다. 왠지 그 푸른 빛 돈을 보니 눈시울이 붉어졌다. 그 돈을 동생에게 쥐여 보냈을 할머니의 마음이 가슴 아리게 했다.
"김밥 먹을래? 우리 집 가자."
"왜 줘?"
"우리 집 김밥은 맛있으니까."
'불쌍해 보이는 걸까?'

동생을 남들이 불쌍하게 보게 놔두기 싫었다. 수지는 조용히 지갑을 열어보았다. 3만 원 정도 되는 걸 확인하고 고개를 저었다.

"우린 이리로 갈게."
"어디 가?"
"목욕탕."
"아! 나도 가려고 했어."
"나도!"
"뭐?"
"일요일엔 목욕탕이지!"

먼저 앞서가는 형제의 뒷모습을 황당한 눈빛으로 보고 있는데 현수가 쪼르르 달려가 그 애들의 손을 잡았다.

"누나만 여탕이네!"

현수, 은혁, 휘혁과 갈라져 혼자 여탕으로 들어갔다.

대리석으로 된 욕조는 수지네의 방보다 컸다. 물은 핑크빛이었다. 그 욕조 안으로 들어갔다. 물이 찰랑찰랑하며 몸에 와닿는 느낌이 좋다. 따스하다. 향기롭다. 두 눈을 감으니 모든 긴장이 다 풀리는 것 같았다.

할머니들이 좋아하시는 모습에, 수지는 자기 할머니가 이런 곳에서 쉬어본 적이 있긴 할까 궁금했다.

'같이 올 걸……. 아니야. 오자고 했으면 또 돈 아깝다고 했을 거야.'

할머니들의 말소리가 그쳤다. 찰방찰방 닿는 물소리 외에 사방이 고요하였다. 그러자 이상하게도 아침햇살처럼 환한 은혁의 미소가 떠올랐다. 또 두근두근 가슴이 뛰었다.

"안 돼!"

수지가 강하게 고개를 저으며 움직이자 물결이 찰랑대며 빙그르르 돌았다.

"예쁘다."

물 위로 비치는 얼굴도, 거울에 비치는 몸도 반짝반짝 빛이 났다. 그 순간, 수지는 행복했다. 놀랍게도 그랬다. 그 감정이 너무 생소해서 무서웠다. 그래서 목욕탕 구석에서 울음을 터트릴 수밖에 없었다.

이 울음소리는 물소리가 가려줄 테니 맘껏 울어도 될 것이다.

***

"어디가?"

"갈 곳이 있어."

"우리도 같이 가."

뒤를 보니 첫째, 둘째가 또 달려오고 있었다. 서로 먼저 앞서겠다고 엎치락뒤치락하느라 둘 다 얼굴이 빨개져 있었다.

"우리도 마침 가려고 했어."

"성당에?"

"그, 그래? 그래!"

은혁이 소리치자 수지가 고개를 저었다.

"왜 안 돼?"

"거긴 조용한 곳이라 소란스럽게 하면 안 돼."

수지는 빠르게 걸음을 옮기기 시작했다. 성당에 당도하자 청아한 대기가 몰려왔다. 서둘러 화장실에 다녀온 후, 마리아상이 있는 곳으로 갔다.

암석 주변에도 온통 장미가 자리 잡고 있었다. 자신도 모르게 성당에 길게 드리워진 아름다운 장미 나무에 매혹되어 쳐다보았다.

탐스러운 봉우리를 활짝 펴고 그 속 노란색 수술들을 내보이며 향을 터트리던 그 아름다움을 무엇에 비할까.

장미의 빛과 향은 너무 강렬해 쉽게 이날이 지워지지 않을 것만 같았다.

"김수지!"

형제가 다가오고 있었다.

"그만 갈까. 기도 다 했으면."

"그래."

마리아 님을 뒤로 하고 걷던 수지는 왠지 가슴이 떨렸다. 그건 장미 향 때문일까? 아니다. 은혁. 그 애를 보면 왠지 저 장미처럼 활짝 미소가 피어올랐다.

"나는 네가 웃는 게 좋아. 하지만 형을 보며 웃는 건 싫어."

휘혁의 말에 수지의 웃음이 사라졌다.

"내가 언제……."

"아니면 됐고."

집으로 가는 길, 장미의 향기가 점점 짙어졌다. 그 향기가 초여름 햇살보다 더 달콤하게 느껴졌다. 그 향기 속에 알 수 없는 긴장감이 퍼지고 있었다.

수지는 두 남자애의 시선이 자신의 얼굴 위로 와 닿는 것을 느꼈다. 왼쪽 뺨에는 찌르는 듯한 첫째 은혁의 눈초리가, 오른쪽 뺨에는 따가운 둘째 휘혁의 눈초리가 수지의 뺨을 꿰뚫을 듯이 노리고 있었다.

수지는 두 남자애를 번갈아 둘러보았다. 쓸데없이 눈에

힘을 준 그 형제가 네 잘났네, 나 잘났네 하며 기 싸움하는 멍청이들처럼 보였다. 왠지 여기 계속 있다가는 귀찮은 일에 말려들 것 같아 그들을 앞서서 서점을 향해 달려갔다.

***

다다다 단!

오케스트라의 노크 소리를 들으며 책을 펼쳤다. 그러다 다시금 이은혁이 떠오르자 한숨이 새어 나왔다. 그때, 지구상에서 가장 유명하고 널리 사랑받는 이 교향곡이 호통을 치듯 버럭 울렸다. 나태한 마음에 파고들어 와 폭발할 듯 거세게 마음을 두드리는데, 그 누군들 정신을 차리지 않겠는가!

그런데 오보에 소리가 한 마리 사랑스러운 새의 날갯짓처럼 가녀리게 날아오르자 설렘 비슷한 감정이 가슴속에 다시 피어올랐다. 곧이어 그런 수지를 다시금 호통치는 다다다 단!

"마수의 손길을 물리치고 자격증을 딸게요!"

수지의 선언과 함께 격정적인 1악장이 막을 내렸다.

이렇게 다짐을 하고 나니 은혁과의 그 미묘한 감정도 깨끗이 정리할 수 있을 것 같다는 자신감이 샘솟았다. 그리고 이어진 숭고한 2악장을 가만히 숨죽이고 듣노라니 마음이 한없이 평화로워졌다. 3악장까지 듣고 나면 기분이 날아갈 듯 가뿐할 것이다.

가만히 귀 기울이며 호른이 울리길 기다리던 순간, 귀에 익은 목소리가 수지의 귓속으로 날아왔다.

"피아노는 안 쳐?"

은채와 친구들이 보고 있었다. 어릴 때부터 같은 피아노 선생님께 레슨을 받아온 수지와 은채였다. 서로 비교될 때마다 스트레스를 받았지만, 그 누구보다 서로의 피아노에 대한 애정과 실력을 잘 알았다.

"오늘은 꼭 네 집에서 네가 피아노 치는 걸 듣고 싶어."

빤히 보는 그 눈은 '도망가고 싶으면 가'라고 말하고 있었다. 수지는 아무 말도 하지 않고 묵묵히 퇴근길에 올랐다.

걷는 내내 그 회색빛 집이 머릿속에 그려졌다. 돌을 얹은 것처럼 가슴이 무거웠다.

낯익은 도로에 내리고, 건널목을 건넜다. 그리고 골목으로 들어섰다. 친구들의 말소리도 들리지 않았다. 시간이 흐를수록 쿵쿵, 가슴이 크게 울렸고 얼굴이 붉어졌다.

당장이라도 이곳에서 사라지고 싶었다.

"이제 수지 집에 가자."

호기심에 빛나는 눈들이 일제히 향해 있었지만 수지는 잠자코 있었다.

"수지야, 가도 되지?"

"…… 그래."

"어서 가자."

"……."

"안 가고 뭐 해?"

"우리 집은 별로야."

"왜?"

"안 좋아."

"멋지던데?"

"거기 아니야."

"아니면?"

"이 골목 맨 끝의 낡은 집 단칸방에서 살아."

"정말?"

"그래. 나 먼저 갈게."

홀로 빠르게 걸었다. 바람이 불었다. 아주 기분 좋게 수지 쪽으로 불어왔다가 물러가곤 했다.

'시원해.'

이상하게도 가슴이 후련했다. 수지는 성당으로 갔다.

바람이 또 불어왔다. 덩굴장미가 산들산들 사랑스럽게 율동했다. 그 모습이 스스로 움직이는 것처럼 보였다. 무럭무럭 성장하는 것처럼 느껴졌다.

그 순간, 수지는 이 초여름을 사랑하게 되었다. 봄 조금, 여름 조금 합쳐진 가장 환희에 찬 계절 같았다. 너무나도 가슴이 벅차서 은혁에게 달려가 말하고 싶었다.

'이제는 그 집이 부끄럽지 않아!'

성당에서 나와서 바삐 걸음을 옮겼다.

"여기가 아니라 저기가 수지 집이야."

흰 벽돌집에 다다를 무렵이었다. 낯익은 여자애들이 조잘대며 걷는 뒷모습이 보였다.

"어머나, 저런 곳이야?"

"쟨 수지 동생이고 저분은 할머니이셔."

그 여자애들이 수지의 친한 친구인 줄 알고 손을 쓰다듬으며 반갑게 맞이하시는 할머니의 모습을 보고서 수지는 슬퍼졌다.

"수지, 불쌍하지? 우리가 잘해주자. 어, 수지야!"

은채가 다가와 앞에 서서는 문득 생각난 듯 수지를 보며 말했다.

"섭섭하겠네. 정말 대단하더라."

"뭐가?"

"그 왜, 몇 년 전부터 네가 목 빠지게 기다린 그 피아니스트 내한공연."

뒷골이 뻣뻣해져 갔다.

"글쎄, 기립박수를 몇 번이나 쳤어. 레퍼토리가 뭐였는지 알아? 쇼팽!"

쇼팽?

"스케르초랑 베토벤 소나타였어."

수지는 조용히 한숨을 내쉬었다. 가슴 깊숙이에서 정체불명의 울분이 솟구쳤다. 무엇에 향한 울분인가? 이런 곳에 사는 자신에게? 자신을 이렇게 만든 가족에게?

'지옥의 복수가 내 마음을 불태우고'나 '잃어버린 동전에 대한 울분'을 들으며 손과 발을 동동거리며 울분을 토해내고 싶은 심정이었다. 휘몰아치던 울분이 차차 가라앉자, 쇼팽의 스케르초 전곡이 가슴속에서 저절로 연주되었다. 족해도 3년은 기다린 공연을 놓쳐버린 것을 알게 된 그 순간, 자신도 모르게 자꾸만 쇼팽 스케르초와 베토벤 소나타가 가슴속에서 연주되었고 눈물이 글썽였다.

"작년 생각난다. 콩쿠르 준비한다고 학교에서 수업 듣는 거 빼고 피아노 레슨만 받았잖아."

작년에 피아노 콩쿠르에서 은채와 함께 예선 통과했다. 하지만 본선에서 은채는 합격자가 되지 못했고, 수지는 대상을 받았다.

"나 콩쿠르에서 대상 받았어."

달맞이꽃의 끝나지 않는 기다림

***

 적게나마 꼬박꼬박 들어오던 생활비가 끊겨서 할머니가 어려움에 부닥쳤다. 벌써 두어 달째다.
 할머니 자신의 재산은 모두 아들 사업에 다 내어준 상태이고 그나마 남아있던 쌈짓돈과 약간의 수지 월급으로 생활하고 있는 듯했다.
 그보다 사나흘이면 연락이 오던 부모님에게서 연락이 오지 않아서 걱정이 많았다. 게다가 친구 은채가 피아노 콩쿠르에서 상을 탔다는 소식을 듣기도 한 날이다.
 집을 나오며 대문을 열자 약간 찬 바람이 불어왔다. 코를 훌쩍이며 길을 걷는데 갑자기 뚝뚝 비가 내렸다. 맑은 저녁 하늘 아래서 내리는 여우비, 고왔다.
 수지의 걸음은 흰 벽돌집 대문 앞에 멈추었고 망설임 없이 초인종을 눌렀다.
 "수지구나? 어서 와."
 흰 벽돌집 아주머니는 주방으로, 수지는 그 집 첫째 은혁의 방으로 향했다. 똑똑, 노크 소리에도 안에서는 기척이 없다. 다만 전원교향곡 5악장이 들릴 뿐이다.

수지는 방문 앞에 서서 음악이 끝나길 기다렸다. 은혁을 방해하기 싫었다.

음악 소리가 자자해지자 수지가 방문을 열었다. 그때! 베토벤 피아노 협주곡 4번이 시작되었다. 가슴이 몹시도 아픈 날이었지만 자신도 모르게 매료된 채 들을 수밖에 없었다.

절정으로 갈수록 피아노 소리 사이로 수지의 숨소리가 간간이 겹쳐졌다. 바인가르트너가 '순결한 소녀의 숨결'이라 칭한 이 곡과 어울리지 않게도, 수지는 점차 씩씩 거친 숨을 내쉬었다. 은혁이 놀라서 뒤돌아볼 정도였다.

"웬일이야?"

"그냥."

그 애는 온화한 미소를 지어 보이며 수지를 반겼다.

"아무 일 없이?"

"응. 루이 16세처럼."

"루이 16세?"

"언젠가 읽은 책에 쓰여 있기로는 루이 16세는 결혼을 하든, 혁명이 일어나든 일기에 '아무 일 없음'으로 일관해왔다고 해. 왠지 너와 조금 닮았어."

"내가?"

"단두대 앞에서도 담담했던 루이 16세처럼 왠지 너도

어떤 일에도 평정을 잃지 않을 것 같아."

"그럴 리가 있어? 이리 와서 앉아."

그렇게 말하는 은혁은 무척 차분한 모습이었다. 그런 그 애가 신기하여 자신도 모르게 수지는 손을 내밀어 손가락으로 그 애의 볼을 꾹 찔러보았다.

"간지러워."

어느새 2악장이 울려 퍼졌다. 비감한 오케스트라와 영롱한 피아노의 대비는 비밀스러운 격정을 느끼게 했다.

"그런데 어쩐 일이야?"

"이상해. 친구가 콩쿠르에서 대상을 받았다는데 기분이 안 좋아."

"그래?"

"작년에는 내가 1등하고 걔는 입상도 못 했거든. 난 멈춰 있는데 다른 애들은 앞으로 나아가고 있어. 이대론 나는 피아니스트가 되지 못할지도 몰라."

"꼭 피아니스트가 되어야 해?"

"당연하지!"

"세상에 당연한 게 어디 있어?"

"잠시만이야. 여긴 내가 있을 곳이 아니야. 아빠가 곧 데리러 올 거니까!"

"받아들여야 해."

"뭐라고?"

다정한 은혁이라면 그렇다고 위로해줄 줄 알았다. 그런데 자꾸만 뜻밖의 말을 하여 수지를 당황하게 했다.
"어려워도 받아들여야 해."
"난 겨우 열여덟 살이야!"
"어려도 받아들여야 해. 그런 것도 있어."
은혁의 말은 수지를 몹시도 화나게 했다.
"그러면 너는 내가 이런 곳에서 살 사람이라는 거야? 앞으로도 이런 곳에서 살아야 한다는 거야?"
"그게 아냐. 현재를 인정하란 거야."
그 말이 무척이나 수지의 마음을 아프게 했다.
"그러면 앞으로도 피아노도 치지 못하고, 엄마 아빠와 살지도 못하는 걸 인정해야 하는 거야?"
"아니야."
"아니긴!"
수지는 달려 나가버렸다. 이제 다시는 첫째 은혁과 말하지 않을 거라고 다짐했다.
"김수지! "
은혁이 불러도 수지는 뒤돌아보지도 않고 성당으로 내달려갔다.
가파른 계단을 너무 급히 올라가다가 발목을 삐끗해서 층계참에 주저앉고 말았다.
"으!"

수지는 입술을 깨물며 쪼그리고 앉아 깊숙이 고개를 숙였다.

"울어?"

"······."

은혁이 살며시 더 바짝 다가와 섰다. 새근새근 숨소리가 수지의 머리 위로 울렸다.

은혁의 숨결이 머리 위로 닿고 있었다 그럴 때마다 두근두근. 숨죽이고 있노라니 촉촉한 흙냄새가 났으며 찌르르 벌레 소리가 들렸다. 그 외에는 사방이 고요했다. 수지는 고개를 들어 은혁을 마주 보았다. 그 애의 얼굴은 호수처럼 맑게 빛났다.

"우리가 꿈을 잃고 쓰러져 울 때도 세상은 잘 돌아가고. 계절도 잘 바뀌고, 꽃도 잘 피어나. 마치 우리가 눈물을 축이고 그 아름다움을 눈으로, 코로 확인하게 하려는 듯이 말이야. 꿈을 찾지 못해 우리가 길을 잃고 두려움에 떨어도 해가 뜨고, 달이 뜨잖아. 마치 우리가 가려는 길을 환히 비춰주려는 듯이."

"그게 무슨 말이야?"

"꿈이 있든 없든 빛과 향기, 길은 어디에든 있을 거라는 말이야."

가슴이 뭉클했다.

"좋아해."

수지가 작게 속삭이자 은혁이 말없이 돌아섰다. 거절의 뜻일까?

수지는 은혁의 앞으로 달려가서 그 애의 표정을 확인해 보았다.

그 눈빛은 뭐라고 할까. 걱정스러운 것도 같고, 기뻐하는 것도 같다.

***

그날 밤, 집으로 돌아와 이부자리에 누운 수지는 아까 전 은혁에게 고백한 일이 꿈처럼 느껴졌다. 이부자리에서 벌떡 일어났다. 갑자기 뺨에 열이 올랐다. 식히려고 마당으로 나갔다.

밤에 대문을 열고 나오니 화단에 노란 꽃이 피어있었다. 수지는 꽃을 내려다보았다. 노란 작은 꽃잎들이 마치 요정들 같다.

"이 꽃 이름 아세요?"

"달맞이꽃이지."

"달맞이요?"

"저녁에 피었다가 해가 뜰 무렵에 시든다고 달맞이꽃

이라지."

수지는 하늘을 보았다. 빛무리가 어린 하현달이 떠 있었다.

한옥 앞 작은 화단에 달맞이꽃이 살포시 피었다. 긴 줄기 끝에 노란 꽃잎이 달린 모습이 마치 작은 요정들 같다.

할머니는 달맞이꽃의 뿌리를 캐서 물로 달여 약으로 쓸 거라고 했다. 또 노란 꽃잎으로는 전을 해주겠다며 잎을 떼었다. 할머니가 꽃잎을 뗄 때마다 밤의 요정 같은 노란 꽃잎들에서 향기가 퍼져 나왔다.

그 위에 조금씩 섞여오는 낯익은 향기로운 냄새가 수지의 가슴을 뛰게 했다. 천천히 고개를 돌려 보았다.

"엄마?"

진짜로 수지의 엄마가 조용히 걸어오고 있었다. 마치 노란 요정님들이 부린 신비 같단 생각이 들 정도로 엄마가 이곳에 있다는 사실이 환상처럼 믿기지 않았다.

"엄마!"

엄마의 모습은 변해있었다. 예전처럼 세련된 모습이 아니라 간소한 차림이었고 전혀 꾸미지 않았다. 그런데도 그리운 엄마의 향기가 났다. 그 향기에 이끌리듯 달려가 그 포근한 품속에 안겨 매달렸다.

"어서 안으로 가."

마치 사람들의 시선을 피하듯 엄마는 서둘러 파란 대문을 열고 들어갔다.

 이상한 일이었다. 낡은 집 안으로 발을 들이자 더는 달맞이꽃 향기도, 엄마의 향기도 맡을 수 없었다. 그저 오래된 나무 냄새와 퀴퀴한 습기 냄새만 났다.

 엄마 또한 그런 집 상태를 보고 착잡한 눈길을 하였다. 방으로 들어간 엄마는 새록새록 잠든 현수의 숨결을 느끼다가 눈물을 떨어뜨렸다.

 "현수야, 일어나 봐라."

 할머니가 깨웠지만, 꿈쩍도 하지 않았다. 엄마를 못 보고 보내면 내일 난리가 날 게 뻔해서 수지도 같이 깨우기 시작했다.

 "현수야, 엄마 왔어!"

 현수가 깜짝 놀라며 깨어났다. 생각지도 못한 반가운 얼굴을 눈앞에서 보고선 놀라서 몇 번이나 눈을 비볐다. 이게 꿈인지 생시인지 구분을 못 하는 듯 엄마 얼굴을 한참 동안 쳐다보기만 했다.

 "현수야, 잘 있었어?"

 현수는 엄마가 따스하게 손을 잡아주어서야 진짜로 자신이 그토록 기다리고 그리워한 사람이 온 것을 실감하고 울음을 터트렸다. 엄마는 오랫동안 그런 아이들을 안은 채로 있었다.

"왜 이제 와?"

"미안해."

"얼마나 기다렸다고!"

남매가 엄마에게 매달리다시피 안겨 어리광을 피웠다. 자신에게는 데면데면하게 굴던 아이들의 다른 모습을 할머니는 조금 섭섭한 눈빛으로 바라보았다. 그걸 눈치챈 엄마가 할머니에게 말을 건넸다.

"어머니, 힘드셨죠?"

송금이 끊겨서 힘들어하던 할머니에게 생활비를 주었다.

"너야말로 어떻게 지냈느냐?"

"공장 기숙사에서 지내지요."

"힘들진 않고?"

"할 만해요. 이제 곧 가봐야 해요."

"안 돼! 가지 마!"

현수가 떼를 쓰며 울었다. 수지도 엄마의 손을 잡고 막아섰다.

"오늘은 자고 갈게."

"정말?"

할머니가 이부자리를 펴 주셨다. 엄마를 사이에 두고 남매가 양옆에 누웠다. 할머니는 현수 옆에 한쪽 무릎을 세우고 앉아계셨다. 그런 할머니를 지켜보던 엄마의 눈이 커졌다.

"어머니, 안색이 왜 그러세요?"

"애들 잠들면 나 좀 잠깐 보자."

***

수지는 잠결에 인기척 소리를 들었다. 부엌에서 소리가 났다.

엄마에게 가지 말라고 붙잡으려고, 그게 안 되면 언제 다시 오는지 물으려고 따라갔다가 할머니가 하는 이야기를 들었다.

"요즘 내가 몸이 안 좋네. 병원에 가봐야 할 것 같네."

"어떠신데요?"

"통 소화가 안 되고 밥이 안 넘어가."

할머니가 아프다고 하였다. 그제야 수지는 할머니를 가만히 쳐다보았다. 그전까지는 한 번도 할머니 얼굴을 자세히 본 적이 없었다.

주름살이 많고, 쪽진 머리였다. 허리는 약간 구부정하고 표정에 희로애락이 잘 나타나지 않는 분이다. 그래서 수지도, 현수도 할머니의 기색에 둔감했다. 지금도 아무리 자세히 봐도 안색이 나쁘신지, 어디가 편찮으신지 잘 모르겠다.

"자네도 요즘 많이 힘들겠지만, 병원에 가게 도와주게나."

자식들에게 손 벌리기 싫어하는 할머니의 성정과 힘든 자식의 사정에도 병원비를 부탁할 정도라면 심상찮을 것이다.

엄마는 들고 있던 손가방을 열었다. 거기서 돈을 꺼내 세웠다. 호박빛을 발하는 그 돈은 엄마가 공장에서 일하며 힘들게 번 돈일 터였다. 그것을 만지작거리는 엄마의 손은 붉게 부어있었다. 그 손은 돈을 세워보며 들여다보다가 전부 다 할머니에게 주었다.

"어머니, 꼭 병원에 가보세요."

할머니 손을 꼭 쥐여준 후, 엄마는 떠났다. 수지는 엄마의 부은 손 때문에 가슴이 아파서 더는 붙잡을 생각을 하지 못하였다.

해가 뜰 무렵이었다. 엄마가 택시를 타고 떠나는 모습을 보고 돌아오다가 화단을 보았다. 노란 달맞이꽃이 잠들어있었다.

***

 그로부터 이틀이 지난 그 날은 아주 화창한 날씨였다. 아침부터 할머니는 유난히 정성껏 머리를 쪽지어 올려서 은비녀를 꽂았다. 옷도 꽃무늬 블라우스에, 갈색 긴 치마로 가장 좋은 외출복을 입었다.

 세 식구는 버스를 타러 큰 도로로 갔다. 여름 햇볕이 따갑지만 때때로 바람이 불어와서 더위를 참을만한 날이었다.

 할머니의 병원에 가기 위해서 나섰다. 병원에 갈 수 있어 마음이 놓이면서도 할머니 혼자 보내기는 죄송했다. 그래서 수지는 그날 서점에 못 간다고 허락받고 가지 않았다.

 가려는 곳의 버스는 먼 버스정류장 쪽에 오기에 걸어가는 중이었다. 출근 시간이 지나서인지 거리는 붐비지 않고 한산했다.

 한 코스 정도만 걸으면 되어서 수지나 현수에게는 힘들지 않았다. 문제는 약간 허리가 구부정하고 다리가 불편한 할머니였다. 택시를 타면 좋겠다는 생각이 들었지만 절약하는 할머니 성격 탓에 그럴 일은 없을 것이다.

 수지, 현수가 서너 걸음을 걷는 동안 할머니는 겨우 한 걸음을 옮기셨다. 처음에는 할머니와 보조를 맞춰 걷던 남매는 점점 답답해져 가벼운 걸음으로 쏙 앞질러 갔다. 할머니도 따로 부르지 않았다.

"할머니 병원 갔다가 고기 사주신댔지?"

"그래."

할머니를 보려고 고개를 뒤로 돌아보려는 순간, 쌩하며 지나가던 오토바이가 보였다.

오토바이가 지나가며 일으킨 흙먼지가 수지의 큰 눈에 들어갔다. 수지가 눈을 깜빡이던 그때 등 뒤로 고함이 들려서 심장이 철렁했다.

"안 된다! 안 된다!"

할머니의 울먹이는 고함이 한순간 고요해진 대기에 울렸다. 뒤돌아본 수지와 현수의 눈이 커다래졌다.

손가방을 소매치기당하며 할머니가 바닥에 고꾸라졌다. 그런데도 계속 오토바이를 향해 팔을 뻗고 소리쳤다.

"그 돈은 안 된다. 이리 다오. 안 된다."

남매는 그 슬픈 외침에 놀라 굳은 듯이 서 있었다. 그것을 무어라 말로 할 수 없지만 무서운 일이 벌어진 것을, 크게 잘못되었음을 직감했다.

"거기 서!

불쑥, 나타난 은혁이 오토바이를 따라 놀랄 정도로 빨랐다.

"서!"

오토바이는 금세 연기만 남기고 사라져버렸다. 그런데도 은혁은 계속 달리고 있었다. 그 뒷모습이 간절하게 느껴질 정도로 빠르게.

할머니는 오토바이가 사라진 곳을 넋 놓은 사람처럼 한참을 쳐다보았다. 할머니는 설 기운도 없어 보였고 주름진 얼굴에는 깊은 그늘이 져 있었다. 그런데 수지가 다가와 손을 잡자, 이상하게도 평온한 표정으로 변하였다. 마치 체념이라도 한 듯이.

"할머니, 괜찮으세요?"

"미안하다."

할머니의 눈시울에 물기가 어려 있었다. 수지의 손을 꼭 붙잡았다.

"이 할미가 가야겠다."

"어디를요?"

"내가 며칠 전 밤에 죽는 꿈을 꾸었다. 아무래도 오래 살지 못할 운인 것 같다. 이 할미는 너희 고모 집으로 가야 할 것 같다."

햇볕은 따스했고 태양은 높았고 하늘은 푸름이었지만 수지네의 마음은 어둑했다.

"……."

은혁이 흙투성이가 되어 돌아왔다. 면목 없다는 듯 작

게 고개를 젓는 걸로 보아 오토바이를 놓친 것 같았다.
"미안해."
은혁은 할머니를 보며 힘없이 고개를 숙였다.

***

 수지는 할머니의 병을 실감하지 못하였다. 주름진 눈에 눈물이 고인 것도 눈치채지 못하였다. 할머니가 하신 꿈 이야기도 시골 노인의 미신에 지나지 않다고 여겼다. 하지만 고모는 달랐다. 바로 할머니를 데리러 왔다. 할머니를 제외한 어른들 그 누구도 둘만 남은 남매를 걱정하지 않았다.
"쟤들도 데려가야 헌다."
 고모는 처음부터 데려가고 싶은 마음이 없어 보였다. 아빠에게 빌려주고 못 받은 돈 때문에 남매를 보는 눈이 매서웠다.
"쟤들 부모가 데려가겠지요. 어머니는 어머니 몸 걱정이나 하세요. 게다가 수지도 이제 열여덟 살이잖아요."
"곧 다녀오마."
 주름진 손을 내밀던 할머니의 눈에는 눈물이 고여 있었

다. 할머니는 자가용에 실려 가면서도 남매에게 눈길이 꽂혀 있었다.

"저 독한 계집애. 말 한마디를 안 하네. 할머니 잘 다녀오세요, 인사도 안 하냐? 너희들 때문에 얼마나 고생하셨는데."

회색빛 승용차를 타고 떠난 할머니를 남매는 한참 보았다.

덩그러니 둘이 남은 남매는 집으로 들어갈 수 없었다. 할머니 없이 저 집에서 살 자신이 없었다. 현수도 마찬가지였는지 발걸음을 동네 쪽으로 옮기고 있었다.

마치 처음 이사 온 날처럼 둘이서 온 동네를 돌아다녔다. 성당에도 가고, 놀이터에도 가고, 서점에 가서 라면도 먹었다. 그렇게 두세 시간을 보내고 나니 날이 어둑해졌다.

"누나, 어쩌지?"

거대한 쥐가 현관문 앞에 있었다. 꼼짝하지 않고 누워서 거친 숨만 몰아쉬었다.

"무서워."

수지는 대문 밖으로 나가버렸다. 요즘에도 쥐가 있다는 사실이 충격이었다. 현수도 따라왔다. 둘은 문 앞에서 웅크리고 가만히 있었다.

다시 문을 열고 들어갔을 때, 쥐가 사라지고 없다면 좋겠다.

현수도, 수지도 무서워서 집 안으로 들어갈 수 없었다. 다시 밖으로 나가 흰 벽돌집으로 달려갔다.

"무슨 일이야?"

"……"

그날도 은혁은 밝고 다정다감했다. 그래서 더 부끄러워져서 수지는 입이 떨어지지 않았다.

"형, 집 앞에 쥐가 있어서 못 들어가고 있어. 무서워!"

"가보자."

은혁이 남매와 회색빛 집으로 같이 가주었다.

은혁도 죽은 쥐를 보고 놀라서 멈칫거렸다. 쳐다보는 남매를 의식해서 금방 담담한 표정으로 변했지만, 꽤 난처한 눈치였다. 그러다가 불현 박수를 딱, 하고 쳤다.

"내게 좋은 생각이 있어."

"뭔데?"

"나만 믿어."

그런 은혁이 집 주인집 마당에서 기다란 집게를 찾아왔다.

"그걸로 뭐해?"

"나만 믿으래도!"

부잣집 아들 은혁의 또 다른 모습이었다. 표정 하나 바꿰지 않고 집게로 쥐를 집어서 바깥에 있는 쓰레기장에 버렸다.

"이제 들어가."

"형, 무서워. 같이 들어가. 우리끼린 무서워."

현수가 떼를 썼다. 수지는 집이 부끄러워 고개를 저었다.

"할머니 어디 가셨어?"

"고모네."

"부모님은 오셨어?"

"아니."

은혁의 눈에 순간적으로 안타까운 듯한 빛이 감돌았다.

"무서워."

현수가 막무가내 은혁의 손을 잡아끌고 들어가려 했다. 그런데 열쇠가 말썽이었다. 자물쇠 구멍에 열쇠를 넣고 이리저리 굴려보아도 도통 열리질 않았다. 다시 손잡이를 당겨서 문을 열어봤다 닫았다가 했는데도 좀처럼 열리지 않았다. 마치 수지의 마음처럼.

"나와 봐."

은혁이 다가왔다. 문을 옆으로 밀었다가 다시 쾅 닫은 후 열쇠를 끼우고 돌리자 찰카닥 문이 돌아가는 소리가 났다.

안으로 들어간 은혁은 휑한 단칸방을 둘러보며 약간 난

감해하며 웃었다. 현수는 전혀 부끄러워하는 기색이 없이 은혁을 방 안으로 끌고 들어갔다. 수지가 동그랗게 눈을 뜨고 못마땅하게 쳐다보고 있자, 은혁은 약간 불편한 표정으로 붉은 드레스를 보다가 자리에 앉았다.

"게임 하고 싶어."

"숙제나 해."

"형 휴대폰 볼래."

평소 TV도 못 보고 게임도 못 하던 현수는 엎드려서 게임을 하기 시작하더니 어느 순간 잠에 푹 빠져들었다.

"미안해."

"왜 미안해?"

"널 불편하게 해서."

"상관없어."

생각해보면 은혁은 수지가 어려울 때마다 나타나 도와주었다. 많은 도움을 받았지만, 오토바이를 따라 달려줬을 때와 지금이 가장 고마웠다. 은혁이 함께 있어서 할머니가 없는 이 집에 들어올 수 있었다.

"고마워."

프리지어와 닮은 아침 공기

***

 알람 소리가 울렸다. 그렇다는 건 아침 7시라는 뜻이었다. 은혁은 휴대폰으로 손을 뻗으며 몸을 일으켰다.
 "와."
 "어디?"
 "우리 집에 와서 아침 먹어."
 수지가 현수와 밖으로 나왔을 때, 안개비가 내렸다. 아침 안개에 싸여 있는 흰 벽돌집은 그날따라 신비롭게 보였다. 그날따라 공기가 맑아서일까?
 수지는 적당히 탁한 공기에 편안함을 느꼈고, 불순물이 없는 신선한 공기에 도리어 숨이 막혔다. 사람도 마찬가지였다. 적당히 불순한 사람이 편했다. 그럼 애초에 기대가 크지 않으니 배신당해도 상처가 적을 테니까.
 "추워?"
 "아니. 공기가 너무 맑아서……."
 "맑으면 좋지. 들어가자."
 수지가 아는 불순물이라곤 없을 것 같은 몇 안 되는 사람 중 그 한 명이 은혁이었다. 그런 그 애가 수지의 내리깐 눈 밑으로 눈물이 흐르는 걸 보고 놀리듯 말했다.

"울보."

"이건 우는 게 아니라 바람이 눈에 들어가서야."

"우는 걸 두려워하지 말라. 눈물은 마음의 아픔을 씻어내는 것이니."

"아주 그럴듯한데?"

"인디언의 격언이지."

"그럼 그렇지."

은혁은 미소를 지으며 수지를 쳐다보았다. 그 미소에 눈앞의 희뿌연 안개가 걷히고 수지가 따라 웃었다. 세 사람은 손을 휘휘 저으며 흰 벽돌집 안으로 걸어갔다.

***

그날, 흰 벽돌집 식탁 위에는 노란 프리지어 한 다발이 화병에 꽂혀 있었다. 보시시 내리는 비와 이른 아침 신선한 대기, 방 안 가득 퍼져있는 프리지어 향기 때문에 어딘가 동화 속의 성처럼 낭만적인 느낌을 주었다.

"맛있게 먹어."

고소하고 상큼한 샐러드, 연한 육질의 안심스테이크 등

이국적인 음식이 앞에 놓였다. 그런데도 휘혁은 음식을 먹지도 않고 대화에 끼지 않고 잠잠히 카드만 섞었다. 어머니의 주의를 듣고서야 시큰둥하게 스푼을 들었다.

"이리 줘."

은혁은 현수의 스테이크를 먹기 좋게 잘라주었다. 수지는 다정다감을 사람으로 만들면 은혁이 될 것 같다고 생각했다.

"형, 뭐해?"

현수가 휘혁을 의아하게 바라보며 물었다. 휘혁은 반짝이는 스테인리스 잔에 얼굴을 비쳐 보고 있었다.

"형, 왕자병이야?"

"아니다."

"그럼, 왜 봐?"

"내가 여기에 얼굴을 비추어 보는 이유는 거울을 볼 때와는 전혀 다른 나를 볼 수 있기 때문이야."

"너는 그렇게 자기 자신이 궁금해?"

이번에는 수지가 휘혁에게 물었다.

"난 남들보다 빨리 알아야 해."

"왜?"

"그건 비밀이야."

"어째서?"

"그보다 중요한 말을 해야겠어."

휘혁이 수지 앞에 두 장의 카드를 쓱 내밀었다. 뒤집어 보니 하트 퀸과 스페이드 킹이었다.

"우리 같이 황제와 여왕이 되어볼까?"

"아니."

수지는 휘혁 쪽으로 카드를 도로 밀어냈다. 휘혁이 다시 수지에게 내밀었지만 수지는 끝내 고개를 저었다. 피식 웃는 휘혁의 눈빛이 문뜩 쌀쌀맞게 느껴졌다. 어색한 침묵이 잠시 부엌 안을 휘돌았다.

휘혁은 갈증을 느끼는지 컵에 든 물을 꿀꺼덕꿀꺼덕 단번에 마셔버렸다.

수지와 현수가 돌아간 후, 은혁은 싸늘하게 자신을 쏘아보던 동생과 마주했다.

"왜 수지네에 갔어?"

"어쩌다가."

"어쩌다가 여자애 집에 가냐?"

"무슨 말이 하고 싶냐?"

"속 시원히 말해 봐."

"뭘?"

"왜 형은 항상 내 거를 빼앗아?"

"말도 안 되는 소리 마. 네 오해야."

"김수지도 오해지? 아무 사이 아니지?"

"아니. 사귀고 있어."

"뭐라고? 당장 그만둬!"

"그렇게는 못 해. 이렇게 누군가를 원했던 적은 지금까지 김수지가 처음이거든. 이번엔 양보 안 해."

은혁의 목소리가 조용하게, 그러나 단호하게 울렸다.

***

할머니가 집을 떠나고 이틀이 된 날, 수지는 횡단보도를 지나다가 문득 시선을 느끼고 뒤를 돌아보았다. 문득 낯익은 시선을 느끼고 뒤돌아보면 항상 은혁이 있었다. 세상 모든 사람의 시선 중에서 은혁의 시선만은 보지 않고도 구별할 수 있었다. 그 다정하면서도 시린 눈길…….

건널목을 사이에 두고 두 사람의 시선이 닿았다. 파란불이 깜빡깜빡하다가 빨간불로 바뀌려는 찰나, 은혁이 출발하려는 차들을 헤치고 달려와 수지의 손을 붙들었다.

"데려다줄게."

"내가 어딜 가는 줄 알고?"

그 애는 다 안다는 듯이 미소 지었다. 사실은 아무것도 모르면서.

"난 지금 할머니를 만나러 가야 해."

"아무튼 데려줄게."

은혁의 얼굴에 안쓰러움이 스쳐 갔다. 걱정스러운 표정으로 건널목 앞에 서 있던 수지를 보았기 때문이었다.

"피곤해?"

"조금."

수지는 버스 뒷좌석에 앉아서 창가에 고개를 기대고 눈을 감았다. 이어폰 가득 쇼팽 발라드가 대서사시처럼 펼쳐졌다. 수지는 정신없이 음악에 빠져들어서 절정으로 갈수록 피아노 소리 사이로 수지의 숨소리가 간간이 겹쳐졌다. 그런 수지가 신기하다는 듯 은혁이 쳐다보고 있을 때, 갑자기 수지가 눈을 번쩍 뜨며 그 애의 팔뚝을 붙잡았다.

"내려야 해!"

D동에서였다. 버스에서 내리자마자 수지는 작은 꽃집에서 프리지어 한 다발을 샀다.

"개나리아파트? 여기 할머니 계신 곳 맞아?"

"맞아. 102동이 고모네야."

수지는 한 번 와본 적 있었다. 엘리베이터를 타고 7층으로 올라가 벨을 눌렀다. 아무도 대답하지 않았다.

"전화는?"

"고모 번호 몰라."

"돌아가자."

"할머니 괜찮으시겠지?"

수지는 풀이 죽은 채 발을 내디뎠다.

배차간격이 큰 버스라 20분은 기다려야 했다. 무료함에 버스정류장 벤치에 앉아 주변 풍경을 보았다. 층층이 구름과 숱한 건물이 펼쳐져 있고 자동차가 끝없이 지나다니고 있었다. 어릴 적 부모님과 함께 주말이면 저런 차를 타고 여행 가거나 음악회를 찾아다녔던 추억이 떠올랐다.

'행복했지.'

버스가 오고 있었다. 이렇듯 기다림은 언젠가 끝이 나기 마련이다. 지루해도 초초 분분 시간은 흘러가고 결국 목적지에 도착할 것이다. 언젠간 수지 자신도 제자리로 돌아갈 것이다.

***

어느덧 저녁 햇살은 노란빛에서 불그스름한 빛으로 바뀌어 있었다. 수지는 아름다운 빛으로 물들어가는 뭉게구름을 더 자세히 보려고 고개를 돌리다가 일순간 우뚝 굳은 채 하늘을 올려다보았다. 주홍빛 노을이 찬란한 하늘 어딘가에서 비상의 소리가 들려왔다. 그것은 아련하고, 그리운 소리였다.

비행기였다.

"이런 빛을 보면 보고 싶어져."

"뭐가?"

"내 피아노."

수지가 나직한 목소리로 말했다. 집이 풍비박산이 나지 않았다면 무사히 대학에 진학해 졸업 후, 석사과정을 밟고 유학길에도 올랐을 것이다.

다시 하늘을 올려다보았다. 그땐 이미 비행기는 붉게 물든 구름 속으로 사라지고 없었다. 꼬리처럼 흰 자국을 이정표처럼 남긴 채. 그 이정표마저 점점 희미하게 지워지고 흔적도 없이 사라져버렸다.

"모차르트……. 듣고 싶어."

"기다려."

은혁의 휴대폰에서 피아노 협주곡 20번의 로만체가 흘러나왔다. 수지가 가장 좋아하던 곡이었다.

"노을이 새빨갛게 타면 저승사자가 누군가를 저승으로 인도하는 중이래."

수지의 말에 은혁이 피식 웃어버렸다.

"그건 먼지 때문일 거야. 그만 가자."

수지가 꿈쩍할 기세가 없어 보이자, 은혁은 수지의 손을 잡고 흔들었다. 따스한 기운이 번져왔고 그 애가 소리 없이 웃을 때마다 부드러운 진동이 전해져 와 어딘가 간지러운 느낌을 주었다. 그러다 문득, 가슴에 죄책감이 올라와 은혁의 손을 놓았다.

'할머니…….'

# 국화의 맑은 향기가 전해준 진실

***

 며칠간 내리던 비가 그쳤다. 비 온 뒤의 향기는 특별하였다. 도시를 떠다니는 매연을 씻어버리고 대신 성당 화단에 핀 꽃향기가 짙어졌다. 그 향기는 맑았다. 이 맑은 국화 향기를 들어 마시면 마음마저 스며들어 가슴속 불순물도 씻어줄 것 같았다.

 가슴 속 불순물, 수지의 마음에 어린 죄책감이 내내 가슴속에 남아돌고 있었다.

 할머니…….

 그러던 어느 날, 수지는 숨이 멎는 기분이었다. 생각지도 못한 소식이 전해져왔다.

 할머니께서 돌아가셨다 했다. 이 집에서 떠나신 지 일주일이었다. 병원 응급실에 가서 하루, 병실로 옮겨서 며칠. 그렇게 일주일을 병원에서 보낸 후 검사 한 번 제대로 못 받고 떠나셨다고 했다.

최연술

영정사진 속의 모습도 언제나처럼 주름살투성이지만 고왔다.

"나쁜 자식!"

할머니가 가련하게 돌아가신 건 다 수지 현수의 부모 탓이라며 친척들이 말하였다. 눈물을 흘리지 않는 수지를 보고 배은망덕하다고 말하는 사람들도 있었다.

실감이 나지 않아서, 죽음이 와 닿지 않아서 울지 않은 것뿐인데……

집이 그렇게 되고부터 수지가 남 앞에서 울지 않게 된 걸 저 어른들이 알 리가 없다.

늦은 밤이 되자, 수지 현수가 그토록 애타게 기다리던 엄마, 아빠가 초췌한 모습으로 나타났다.

고모가 아빠의 멱살을 잡고 흔들었다. 아빠만 아니었다면 시골에서 편안하게 농사짓다가 떠나셨을 거라며 오열하였다. 아빠 탓에 가진 재산 다 빼앗기고 아픈 몸으로 어린 손자들까지 맡아 기르셨던 할머니……

"오토바이. 내가 잡아서 벌줄 거다."

현수는 할머니를 위해 경찰이 될 거라고 했다. 수지는 할머니를 위해 무얼 해드릴 수 있을지 몰랐다.

"나중에 피아노를 쳐 드리면 좋아하실까?"

부모님은 밤새 빈소를 지켰다.

"장례식이 다 무슨 소용이누. 변변히 검사 한 번 못해보고, 간호 한 번 못 받아보고 갔는데."

"그러게. 살아있을 동안 잘해줘야지."

부모님은 벌을 서듯이 말없이 고개를 숙이고 있었다. 수지가 다가가 손을 잡아주었다.

뚝, 뚝.

굵은 눈물이 바닥으로 떨어졌다. 부모님이 울고 있었다. 소리조차 못 내고 숨죽이며.

***

며칠 후 다시 출근한 수지는 서점의 넓은 창가에 자리 잡고 건널목 건너편을 지켜보았다. 늦은 오후의 하늘빛을 좋아했기에 테이블에 턱을 괴고선 지루한 줄 모르고 창밖을 바라보았다.

서녘으로 저물어가는 햇살은 금빛이다. 이 금빛 햇살은 빛바랜 사진처럼 어딘가 아련함이 느껴져서 좋다.

오고 가는 낯선 행인들 사이에서 불쑥 낯익은 사람의 모습이 시야로 들어왔다.

"누굴 찾는데?"

불쑥, 수지 앞에 둘째 휘혁이 웃는 얼굴로 서 있었다. 수지는 조금 실망한 얼굴이 되었다.

"퇴근할 때 되었지?"

어느덧 오후 햇살은 노란빛에서 불그스름한 빛으로 바뀌어 가고 있었다. 아름다운 빛으로 물들어가는 뭉게구름을 더 자세히 보려고 고개를 돌리다가, 수지는 길게 숨을 들이켰다.

퇴근하자, 걸음은 자연스레 성당으로 향했다.

"어른들은 할머니께서 돌아가셔도 내가 울지 않는다고 못됐대."

"왜 안 울었어?"

"난 누가 보면 눈물이 안 나와."

"와 강하네!"

"그런가?"

"하지만 후회하게 될 거야."

"그럴까?"

"아무리 후회해도 소용없어."

수지는 휘혁의 말에 동감한다는 듯 머리를 끄덕이며 마리아 님 앞에 놓인 국화 화분에 코를 대었다. 그리고 한참을 향기를 맡았다.

"기도해?"

휘혁이 물었다.

"그래."

"너는 하나님을 믿지?"

"몰라."

"모른다고? 난 네가 하나님을 믿는 줄 알았어."

"그랬구나."

"너는 피아니스트가 되고 싶지. 꼭 되면 좋겠다."

"넌 뭐가 되고 싶어?"

"어른."

"뭐?"

"어른이 되고 싶어."

"어떤?"

"그냥 어른. 그것보다 너는 왜 매일 성당에 가?"

화장실 때문에 성당에 매일 간다고는 말할 수 없었다.

"그냥."

다시 노란색과 분홍색 봉우리를 활짝 편 국화에 코를 대고 붉어진 얼굴을 숨기듯 향기를 맡았다. 휘혁은 더는 묻지 않았다.

"꽃이 좋아?"

"응. 꽃향기는 시간과 계절을 알려줘."

"그래?"

"여기 오고 벌써 꽃을 몇 가지나 거쳤어."

"어떤 꽃?"

"아카시아, 목련, 장미, 달맞이꽃, 그리고 국화."

"봄, 여름, 가을까지네. 뭐가 제일 좋아?"

수지는 잠시 생각했다. 은혁의 미소와 닮은 하얀 아카시아가 떠올랐다.

"아카시아. 너는?"

"나는 국화."

"왜?"

"지금 꽃이니까."

"지금 꽃?"

"지금이 좋단 뜻이야."

"나도 지금이 좋아."

고요하고 바람마저 고운 이곳 벤치에 휘혁과 앉아서 이야기를 나누는 이 순간에도 수지는 은혁을 떠올렸다.

"…… 이은혁은 요즘 왜 안 보여?"

"의대 가려면 공부해야지."

"그렇구나."

그래도 수지의 할머니가 돌아가셨는데도 한 번도 모습을 보이지 않는 게 사뭇 섭섭했다. 그 사실이 가슴이 아파서 어서 화제를 돌리고 싶었다.

"음악 듣고 싶어."

"골라봐. 바흐신, 모차르트신, 베토벤신."

"차이콥스키. 만약에 내가 피아니스트가 되면 가장 치

고 싶은 곡이야."

"그게 뭔데?"

"피아노 협주곡 1번 2악장."

"네가 제일 좋아하는 곡이야?"

"그건 아니고 어릴 때 처음으로 직접 콘서트에서 들은 곡이야."

수지가 처음으로 간 공연은 시 오케스트라가 정기연주회로 한 차이콥스키 피아노 협주곡 1번이었다. 피아노를 가르쳐주던 선생님의 연주였다.

"아직도 기억이 선해."

무대에서는 공연 시작의 채비가 하나하나 갖추어져 갔다. 연주자와 아름다운 그들의 악기가 모습을 드러냈다. 외국인 지휘자와 빨간 원피스를 입은 수지의 선생님이 등장하였다.

1악장의 피아노 연주는 어딘가 삐거덕거렸음을 어린 나이에도 알 수 있었다. 하지만 2악장은 달랐다.

"1악장을 연주할 때는 선생님이 평범한 모습이었는데 2악장을 연주하며 피아노 건반에 손을 얹자마자 선생님이 아름다워지시는 거야. 그때부터 이 곡은 내 꿈이 되었어."

"어떤 곡인지 궁금하다."

"자, 들어봐."

수지가 음악 플레이를 누르자, 현악기의 피치카토에 이어서 플루트가 차분하게 울려 퍼졌다. 그리고 피아노가 뭉클하게 등장했다. 휘혁은 가만히 집중해서 듣고 있었다.

"네가 연주하는 거 꼭 듣고 싶다."

"할머니께도 들려드리고 싶어. 한 번도 연주를 못 들려드렸어. 하긴 이대론 피아니스트도 못 될 테지만."

"그러면 작곡가가 되면 되잖아. 이렇게 그리운 곡을 작곡해."

"그리워?"

"응. 그립다는 생각이 들었어. 너는 그렇지 않아?"

"잘 모르겠어."

"할머니랑 날 그리워하며 작곡해."

"너는 왜?"

"그럼, 형은 어때?"

"갑자기 네 형은 왜······"

"우리 형 착하지? 병약한 동생 때문에 힘들었을 거야."

"병간호한다고?"

"병간호야 엄마가 했지. 대신 형은 놀아주는 역."

"놀아주는 게 왜 힘들어?"

"우리 형은 책 읽고 공부하는 걸 좋아했거든. 근데도

동생이 놀자고 하면 두말 하지 않고 책을 덮곤 했지. 어릴 적엔 형이 칭찬받으려고 착한 척하는 거로 생각했는데, 아니더라."

"와, 대단하다."

"그게 재수 없었어."

"왜?"

"연민이야."

"연민?"

"형은 착해. 연민이 많지. 그래서 아픈 나를 외면하지 못한 거야."

"아닐 거야."

"맞아. 수지 너는 모르겠어?"

"뭘?"

"형이 널 연민하는 거."

그 순간, 수지는 누가 가슴을 바늘로 콕콕 찌르는 것처럼 아팠다.

"연민이 많아서 가련한 아이, 동물을 가만 못 둬."

가련?

가슴이 타들어 가는 것처럼 화끈거렸다.

"잘해주지?"

"……"

"모두에게 다 잘해. 특히 연민 느낀 상대에게. 정말 재

수 없다니까!"

휘혁은 심각한 표정이던 수지의 어깨를 툭 쳤다. 그러고선 하하하 장난스럽게 웃었다.

"이번에는 내가 좋아하는 노래 듣자."

"또 레드 제플린?"

레드 제플린의 노래를 들으며 그 아이의 시선을 좇아서 본 것은 마리아상 아래에 있는 작은 조각상으로 무릎 꿇은 소녀와 소녀를 구하러 온 듯한 천사였다. 수지는 그 소녀가 자신 같고, 천사가 이은혁 같다고 생각했다.

"천국은 어떤 곳일까?"

휘혁이 물었다.

"그런 건 신부님께 물어."

"신부님은 좋은 곳이니 착하게 살라고 하실 거야."

"그럼 아냐?"

"아냐. 내 생각엔 죽음은 끝이야. 천국도, 지옥도 없어."

"넌 왜 자꾸 무섭게 그런 소릴 해?"

"그러니까 순간순간 최선을 다해야 해."

그리 말하며 휘혁은 웃었다. 그 애가 왜 웃는지, 왜 그런 말을 하는지 수지는 전혀 알지 못했다.

***

그날 하늘은 눈이 시릴 만큼 파랬다. 그날 휘혁은 수지가 마칠 시간이 다 되도록 서점 창가의 빈자리에 앉아있었다. 그 아이의 장난기 가득한 눈빛에 차가운 빛이 돌자, 왠지 맑으면서도 쓸쓸한 가을하늘과 닮아 보였다.

"이거 봐."

휘혁은 씩 웃으며 가방에서 마술용품을 꺼냈다. 그중 트럼프를 섞더니 책상 위에 카드를 쭉 펼쳤다.

"스페이스 킹. 클럽, 다이아, 하트."

4장을 수지 앞에 보였다.

"난 지금은 이 중에서 가장 약한 클럽이야."

"왜?"

"아무튼 그래. 나중에는 황제, 스페이드가 될 거다!"

수지의 눈앞에서 카드를 흔들며 주문을 흔들려던 때, 손님이 들어왔다. 그러자 휘혁은 시무룩하게 가방에 머리를 기대었다.

"괜찮아?"

"응."

이휘혁, 그 애는 조금 특이했다. 서점에서 책을 고르려다가도 갑자기 그 자리에서 꼼짝을 못하고 가만히 서 있었다.

"휘혁아."

"으응."

대답만 할 뿐 움직이지 못했다.

"이리로 와!"

"으응."

"왜 그래?"

"머리가 아파."

휘혁의 얼굴이 하얗게 되어 있었다. 자리에 앉아서도 가방을 베개 삼아 엎드려 있었다. 그러다 수지가 일을 하고 있으면 엎드린 채 가만히 쳐다보고 있었다. 수지가 짐짓 쏘아보는 체해도 계속 쳐다보았다. 그러다 잠이 들었는지 얼굴을 팔에 깊숙이 묻었다.

"왜 자꾸 엎드려 있어?"

"자꾸 잠이 와."

"너무 풀어진 거 아냐?"

"고작 열일곱 살인데 뭐 어때."

"순간순간 최선을 다해야 한다며?"

"그게 이거야."

"뭐야!"

수지는 웃고 말았다.

"그만 가."

"잠시만 더. 배가 아파."

수지는 왜 가지 않느냐고 따지려고 하다가 말았다. 그 애는 그렇게 잠이 온 걸까. 계속 엎드리고 있었다. 그러다 드디어 고개를 들었다. 땀범벅이었다. 왜…….

"휘혁아."

조심스레 이름을 불렀지만, 미동이 없었다.

"휘혁아."

계속 엎드린 채였다. 다가가 어깨에 손을 올려보았다. 그러자 천천히 고개를 올렸다. 마치 처음 본다는 듯이 수지를 유심히 바라보았다.

"왜?"

"예뻐서."

"장난치지 마. 졸았어?"

"그냥……. 그래."

햇빛이 휘혁의 얼굴을 비추었을 때, 얼굴에서 무뚝뚝함이 걷히고 웃음이 떠올랐다. 쾌활함과 외로움이 뒤섞인 그 미소가 왠지 쓸쓸하게 보였다.

"그게 무슨 말이야."

"비밀이야."

"비밀?"

"너도 비밀이 있을 거잖아?"

비밀? 수지는 한참 동안 생각했다. 낡은 집을 숨기고

싶어 했던 때가 떠올랐다. 그것처럼 휘혁도 부끄러운 무언가가 있을까. 다른 사람에게는 몰라도 수지에게는 그럴 필요 없다고 말하려다가 말았다.

솔직히 말하자면 수지는 휘혁을 좋아했다. 때때로 유치한 장난기에 한숨이 새어 나오기도 했지만 대체로 휘혁은 조숙한 아이였다. 휘혁 특유의 말투, 철부지 같으면서도 애어른 같은 태도가 재미있었다.

"퇴근할 시간이야. 가자."

집으로 가던 길, 두 사람 다 아무 말도 하지 않았다. 어느 집 대문 앞에 이르렀을 때, 국화 향기가 가득했다. 조금 시들어 보였지만 향기는 여전했다. 휘혁이 깊이 숨을 들이켰다.

"곧 국화도 지겠네. 국화 다음에는 무슨 꽃이 피게?"

"겨울이잖아? 동백꽃?"

"아니야. 눈꽃이야."

"눈꽃?"

휘혁이 수지에게 핸드폰을 내밀었다. 나뭇가지마다 하얀 눈이 내려앉아 꽃이 핀 것처럼 보이는 사진이 보였다.

"너처럼 하얘."

"뭐?"

"넌 눈처럼 하얀 것 같아."

"하하하! 가자."

언제부턴가 부슬부슬 비가 내렸다. 낙엽이 한 잎 두 잎 처연히, 그러나 곱게 떨어지던, 어딘가 쓸쓸하면서도 낭만적이던 가을날이었다. 그 풍경을 바라보던 수지의 머릿속엔 온통 은혁 생각이었다. 그 애가 보이지 않을수록 그 얼굴이 더 선명하게 그려졌다.

'보고 싶어. ······이은혁.'

"우리 집 가서 피아노 칠래?"

"그래."

실은 피아노가 아니라 은혁이 보고 싶어서 가자고 했다.

"어?"

정원에 있었다. 이은혁이.

누군가를 기다리듯 등 돌리고 서서 정원을 서성이고 있었다. 수지는 그런 은혁에게 날개가 있는지 보고 싶었다.

없다.

그런데 그는 어떻게 저렇게 천사같이 다정하지? 그저 그 넓은 등을 보는데도 따스함이 스며 나오는 것 같았다.

"형, 왜 나와 있어?"

까칠한 휘혁의 목소리가 들렸다. 같은 형제인데 어떻게 하면 이렇게 다를까.

"요즘 바빠?"

"공부해야지."

"의대 가려고?"

"네가 무슨 상관이야?"

그토록 수지에게 다정했던 은혁이 지금은 딴사람처럼 냉랭하고 이해되지 않는 행동을 하였다. 생각해보니 부자 부모님의 사랑을 받으며 부족함 없이 사는 은혁은 수지와 처지가 전혀 달랐다.

"내가 가련했어?"

"……."

"연민 때문에 놀아준 거지?"

"……."

수지가 흰 벽돌집 밖으로 달려 나갔다.

***

그날, 은혁은 화났다. 아니 슬펐다. 좋아하는 여자애의 할머니가 돌아가셨는데도 위로의 말 한마디 해줄 수 없었다. 게다가 수지가 바로 저기에 있는데 다가갈 수 없었다. 이 지구상의 그 누구보다 먼 곳에 있는 것 같았다.

"이휘혁. 잠깐 이야기 좀 하자."

휘혁은 아팠다. 다시 앓는 날이 많아졌다. 더구나 은혁이 수지를 만나고 온 날이면 더 심하게 앓았다. 그러면 집안은 초비상상태가 되었다. 아주 흔한 광경이었다. 휘혁이 자신의 바람을 관철하고 싶으면 사용하는 방법이기도 했다.

"형, 내가 얼마나 수지를 좋아하는지 알지? 그리고 지금껏 내가 건강한 형을 얼마나 원망해왔는지 알지? 나에게는 기회가 없을지도 몰라."

"왜 없다는 거야?"

"아프니까."

어린 시절부터 동생 휘혁이 원하면 아무리 좋아하던 장난감이나 책도 놓아버리곤 했다. 하지만 이번에는 달랐다.

"이번만은……."

"안 돼."

"이번 한 번만 놔줘. 수지는!"

"내가 왜 그래야 하는데?"

"좋아해."

은혁의 간절한 말에도 휘혁은 강하게 고개를 저었다. 그 순간, 은혁은 지금까지 숨겨온 분노가 가슴 속 깊숙이에서 치밀어올랐다.

"왜 내가 작은 장난감 하나 못 가진 채 자라야 했는지 알아?"

"나 때문이란 거지?"

"네가 나쁜 게 아닌 걸 알아. 그런데 나는 항상 네게 미안해야 했다."

"미안해하지 마."

"그러면 왜 내가 좋아하는 사람까지 포기해야 해? 이번에는 양보하지 않아. 절대로!"

휘혁은 아무 말도 하지 않았지만, 그 얼굴이 새빨간 걸로 보아 무척이나 흥분한 것 같았다.

"…… 아파."

그 말에도 은혁은 아무 대답 없이 조용히 휘혁을 보다가 길게 한숨을 내쉬었다.

"상관없어."

"형, 후회할 거야!"

은혁은 고개를 저으며 집 밖으로 나가버렸다.

이미 밤이 되었지만 은혁의 발걸음은 곧장 수지네로 향했고 주저 없이 현관을 두드렸다.

"할 말이 있어."

드물게 정색한 은혁의 표정 때문에 긴장되어 수지가 고개를 숙였을 때, 은혁이 수지의 머리를 쓰다듬었다. 수지는 기분이 좋지 않았다.

"난 애가 아냐. 네 동생이 아니라고."

"알아."

"그런데 왜 그래?"

"좋아해서 그래"

"고마워. 난 수지 네가 좋아."

수지도 그 애에게 좋아한다고 말하고 싶은데 돌연히 나타난 휘혁에게 기회를 빼앗겨 말을 할 수가 없다. 휘혁은 은혁과 수지를 천천히 번갈아 보더니 마치 둘이서 금지된 행위를 하기라도 하였다는 양 비난의 눈길을 던졌다.

***

"하긴 금지된 것은 유혹적이지."

이브가 금단의 열매를 먹은 것만 봐도 애초에 인간은 금기시된 일에 탐닉하게 만들어진 게 분명하였다. 지금, 이 순간만큼은 형 은혁이, 스위프트의 표현을 빌리자면, 지구 표면을 기어 다니는 생물 중 가장 밉살스러웠다. 어쩌다 이렇게 되었을까?

어린 시절 휘혁의 눈에 아이들은 악한 존재였다. 어딘가 불편하거나 남다른 사람을 괴롭히며 희열을 느끼는 모습을 보면 알 수 있었다. 하지만 형 은혁은 달랐다. 허구한 날 동생인 휘혁에게 물건이나 기회를 빼앗기면서도 화내지 않던 그 굳건함에 감탄할 수밖에 없었다.

휘혁은 언제나 궁금했다. 대체 형이 자신에게 양보하지 않을 것이 무엇일까? 그 의문의 답은 생각지도 못한 때, 수지를 통해 알게 되었다.

수지가 나타나고부터 형은 달라졌다. 직접 말로는 하지 않았지만, 그 눈빛은 수지를 좋아한다고 소리쳤다. 그때부터 왠지 형 은혁이 싫어졌다. 특히 두 사람이 교환하던 눈빛을 보고선 둘 사이를 파고들 수 없을지도 모른다는 생각이 들고부터 심술이 났다. 형도, 수지도 자신이 가장 친하고 싶었다. 그건 휘혁 자신도 놀랄 만큼 강한 욕망이었다.

"이은혁! 내가 수지 좋아한다고 했지?"

"이휘혁, 나야말로 분명히 경고했다! 이번에는 양보하지 않아!"

***

며칠간 내리던 비가 그쳤다. 비 온 뒤의 향기는 특별하다. 도시를 떠다니는 매연을 씻어버리고 대신 나무나 흙 같은 자연의 향기가 짙어진다. 그 향기는 지친 사람들의 마음을 달래주기도 하고, 아련한 향수를 불러일으키기도 한다. 그것이 지나쳐 때때로 잊고 있던 가슴 밑바닥 앙금까지 끄집어내기도 했다.

발코니에 서서 짙은 정적과 어둠이 깔린 밤의 정원을 내려다보는 이 순간, 휘혁은 인정할 수밖에 없었다. 그리도 오랫동안 씻어내려고 한 어린 시절의 질투와 상처가 자신의 가슴 밑바닥에 고스란히 남아있다는 것을…….

-이번에는 양보하지 않아!

휘혁은 은혁과 싸운 날부터 자신의 방에서 나오지 않았다.

"왜 왔어?"

휘혁의 목소리는 퉁명스러웠다. 붉게 달아오른 휘혁의 얼굴에는 열이 올라있었다.

"아프지?"

"……."

휘혁은 다시 시트를 머리끝까지 덮어썼다. 은혁이 휘혁의 어깨에 손을 올리자 그 떨림이 그의 손으로 선명히 전해져왔다.

"많이 아파?"

"컨디션이 좋지 않아."

그때부터 휘혁은 심한 통증을 호소했다.

"어머니, 당장 큰 병원으로 데려가야겠어요."

은혁의 말대로 그날 바로 휘혁은 산동 대학병원에 입원했다.

***

수지는 낡은 집에서 현수와 둘이서 지내며 부모님을 기다렸다. 퇴근 후에 현수에게 밥을 주고 집을 청소했다. 그리고 나머지 시간은 오로지 음악만을 들으며 다시 피아노 앞에 앉을 자신의 모습을 그렸다. 그리고 기다렸다, 이은혁을.

기다리고 또 기다렸다. 잠자코 기다리다 보면 그 애가 반가운 웃음을 띠며 올 거라 추호도 의심하지 않았다. 그래서 기다림이 지루하지만은 않았다. 바흐의 소나타, 푸가, 칸타타, 수난곡, 협주곡 등 많은 곡을 듣다 보니 반 달이 훌쩍 흘렀다. 그동안 은혁에게서는 문자 한 통, 전화한 통이 없었다. 수지도 굳이 연락하지 않았.

그렇게 반 달하고도 한 주가 지난 낙엽이 지는 만연한 가을의 어느 날 퇴근길이었다.

수지는 초조해진 마음을 진정시키기 위해 마태수난곡을 들었다. 음악을 듣는 동안, 멘델스존이 100년 가까이

창고에서 잠자던 이 곡을 발견해내지 못했다면 어쩔 뻔했냐는 걱정이 든 그때였다.

"수지야, 현수야!"

이 목소리는 이곳에 온 후로 단 하루도 기다리지 않은 날이 없었던 엄마였다.

"이런 곳에서 아이들이 지냈군."

외삼촌도 함께 와있었다. 외삼촌은 낡은 집에 딸린 단칸방을 보고서는 긴 한숨을 내쉬었다. 외삼촌이 작은 빌라를 구해준다고 했으며 자신의 집에서 몇 년째 잠자고 있던 피아노를 수지에게 선물로 주겠다고 했다.

외삼촌이 다녀간 날, 오후의 한적한 거리는 햇빛을 받아 눈이 부시게 빛나고 있었다. 흰 벽돌집으로 천천히 걸어가는데, 갑자기 여우비가 내렸다.

가만히 서서 꽃처럼 흩날리는 비를 올려다보았다. 맑은 하늘에 흰 구름이 유유히 흘러가고 있다. 그 구름 아래로 수지가 가는 길에 꽃을 뿌려주듯 아름다운 비가 내렸다.

수지는 하늘을 올려다보았다. 어느새 그친 비, 구름 걷힌 하늘.

"이제 기다리지 않아도 돼."

이제 기다림이 끝이 났다.

안녕, 회색빛 집.

***

 그렇게 가장 악몽 같은 순간은 지나갔다. 일상의 평온함 속에 점차 아카시아꽃 향기와 닮은 그리움이 깃들기 시작했다.

 수지는 은혁과 연락이 닿지 않았기 때문에 몇 번이나 그곳을 찾아갔다. 사실은 자신을 여기까지 찾아오게 만든 은혁에게 화가 나 약간 새침한 표정으로 흰 벽돌집 앞을 서성였다.

 벨을 눌렀다. 아무 기척이 없었다. 그런데 얼마간 시간이 흐르고 안에서 대문이 열렸다.

 그렇게 보고 싶었던 은혁이었다.

 집에서 나오다 수지를 발견하고 은혁이 천천히 다가왔다. 그리고 은혁이 전해준 소식은 의외였다.

 "휘혁이 수술해."

 "큰 병이야?"

 "그래. 산동병원 101호에 있어."

 그 말을 마지막으로 은혁은 병원에 가봐야 한다며 빠른 걸음으로 사라졌다. 혼자 남겨진 수지는 오랜만에 마리아 님께 갔다.

마리아 님은 여전히 아름다우셨다. 수지는 마리아상 아래에 있는 천사 조각상을 한참 동안 보았다.
"휘혁이가 빨리 낫게 보살펴주세요."
그 누구도 아프지 않았으면 좋겠다.

***

산동병원은 할머니가 돌아가신 곳이라 그 병원에는 다시는 가고 싶지 않았다. 병원 앞까지 가서 한참을 머뭇거렸다. 정처 없이 걷다가 돌아서기까지 했다.

그러다 어느 여자가 들고 있는 노란 국화 꽃다발을 보고 국화가 가장 좋다던 휘혁의 말이 떠올랐다.

'지금 꽃이니까.'

지금……

수지는 병원을 향해 걸음을 옮기기 시작했다. 병원 특유의 냄새가 났다.

입원실에 가서 조심스레 문을 열고 들어갔다. 수지만 놀란 것이 아니라 모두 놀란 듯 눈이 휘둥그레져 있었다.

"잘못 찾아왔어요?"

병원에는 휘혁의 친구들이 서넛 와서 피자를 시켜서 먹

고 있었다. 왁자지껄한 남자애들만 있는 분위기였다.

기대하지도 못했다는 듯이 휘혁의 눈이 커다랗게 되어 있었다.

"왜 그래?"

"호호호!"

휘혁은 무척이나 즐거워 보였다.

"어머, 왔구나."

그 애 엄마가 수지의 손을 잡았다. 아버지도 다가왔다. 무척이나 자상하신 분이었는데 기분 탓인지 어딘가 눈이 슬퍼 보였다.

휘혁의 친구들이 돌아간다고 해서 부모님들이 배웅하러 갔다.

"이사했다며?"

"그래."

"진짜 네 말대로 잠시네?"

휘혁이 웃었다.

"너는 병원에서 뭐 했어?"

"바빴다."

"뭐 하느라?"

"책을 읽었지."

"무슨 책?"

"야간비행."

갑자기 휘혁이 아파하며 표정을 찌푸렸다.

"나 좀 봐. 꼭 이 책 주인공 같다. 야간비행사 못지않게 심각하잖아. 하하하."

수지는 그 책을 읽지 않아 내용을 전혀 몰랐다. 그저 식은땀을 흘리며 인상을 찌푸리는 휘혁이 걱정되었다.

"괜찮아?"

"괜찮지!"

어느새 평소의 씩씩한 휘혁으로 돌아가 있었다.

"이제 가봐."

불과 며칠 전에 같이 농담하던 휘혁이 두 눈을 감고 힘없이 누워있었다. 휘혁이 아닌 것 같다고 생각하며 조용히 입을 열었다.

"갈게."

수지의 목소리에 휘혁의 눈이 천천히 떠졌다. 곧 고개를 돌려 침대 곁에 선 수지에게 시선을 주었다.

"김수지, 잘 가!"

활짝 웃었다. 그제야 휘혁 같아서 안심하고 걸음을 돌렸다.

병원 건물에서 나오니 가슴이 시원해졌다. 숨을 깊이 들이쉬며 수지는 야외정원을 둘러보았다. 많은 사람이 나와 있었다.

"어?"

낯익은 옷과 뒤통수가 눈에 띄었다. 바로 은혁이었다. 놀랍게도 벤치에 길게 가로누워있었다. 수지는 가만가만히 다가가 보았다.

두 눈을 감고 잠든 은혁은 몹시도 지쳐보았고 뭔가 굉장히 힘들어 보였다. 왠지 모르게 수지는 명치 부근이 아릿해졌다. 가만히 손을 내밀어 약간 땀에 젖은 그 애의 머리카락에 올렸다. 그리고 쓰다듬었다. 마치 악몽을 꾸는 현수에게 해주듯이.

"고마워."

언제 깨어났는지 은혁이 두 눈을 뜨고 바라보고 있었다.

"부탁 하나 해도 돼?"

건조한 투로 은혁이 말했다.

"뭐든……."

"휘혁의 여자친구가 되어줘."

지금 뭐라는 거지?

"해줄 수 있어?"

왜 저럴까? 생각하던 그 순간, 종이비행기, 달빛, 피아노가 순서대로 지나가며 수지의 머릿속을 빙글거리게 했다.

"널 좋아해."

떨리는 목소리로 수지가 말했다.

"……."

은혁은 대답하지 않았다.

"부탁해. 휘혁에게 이겨내라고 용기를 줘. 곁에서."

한참 은혁을 쏘아보던 수지는 시선을 돌려버렸다.

"왜 ……."

"……."

은혁의 성격에 변명할 리는 없고, 사과할 리도 없다. 수지는 대답하지 않고 걸음을 옮겼다.

***

그날 밤, 계속 마지막으로 본 은혁의 얼굴과 말이 떠올랐다. 그 다정한 은혁이 자신에게 그런 비수를 꽂을 줄까맣게 몰랐다. 지금껏 애타게 기다려왔다는 사실에 분노를 느꼈다. 밤이 깊었는데도 도통 잠이 오지 않아서 바흐의 골드베르크 변주곡을 들었다.

그 곡을 몇 번이고 반복해서 듣는 동안 어느덧 푸른 새벽녘이었다. 한결 마음이 가라앉았지만, 여전히 잠이 오진 않았다.

답답함에 창문을 열자 제법 쌀쌀한 밤바람이 불어왔고

하얗게 흐르는 구름을 볼 수 있었다. 밤하늘이 지금 듣고 있는 곡처럼 고요하고 평온했기에 하염없이 바라보았다. 저곳에 할머니가 계실까?

"그 누구도 아프지 않았으면 좋겠어요."

어느덧 제30변주가 끝나고 아리아가 이어질 즈음에 서서히 동녘 하늘이 밝았다.

뭐든 도울게.

은혁에게 문자를 보냈다. 마치 심장 한가운데 구멍이 난 것처럼 쓸쓸했던 그 날, 온종일 기다렸지만 은혁에게서의 답은 오지 않았다.

***

수지는 다시 레슨을 받기 시작해서 주말에서야 다시 휘혁의 병문안을 갔다. 병실은 4인실로 옮겨있었고 이번엔 병문안 온 사람 없이 휘혁 혼자 있었다.

수지의 방문에 휘혁은 깜짝 놀란, 아니, 감격한 표정을 지었다. 수지가 못 온 사이에 휘혁은 수술을 했다고 하였다.

"미안, 몰랐어."

"말을 안 했으니 모르지."

"아팠어?"

"너는 수술하지 마. 너무 아파."

그리 말하며 휘혁은 웃었다.

"수술한 날부터 매일 차이콥스키 피아노 협주곡 들어."

"정말?"

"고마워. 이런 곡을 알게 해줘서."

"엄청 유명한 곡인걸."

"난 몰랐잖아."

두런두런 이야기를 나누다 보니 어느새 목소리가 커졌고 가끔 웃음소리도 울리곤 하였다.

"다시 레슨하고 있지?"

"하고 있어."

"잘됐다. 네 연주로 2악장을 듣고 싶다."

"조금은 칠 수 있어. 피아노만 있으면……. 매일 가지고 다녀."

수지는 가방에서 악보를 꺼내 보여주며 조금이라도 도움을 줄 수 있다면 좋겠다고 생각했다.
"엄마한테 물어봐야겠다. 병원에 피아노가……. 너무 좋아."
"뭐가?"
"네가."
휘혁의 갑작스러운 고백에 잠시 당황한 표정을 짓던 수지였지만 곧 미소를 지었다.
"나도 좋아."
"내가?"
"그래. 좋아해."
휘혁이 웃었다. 행복해 보였다. 그래서 의리로라도 이런 말을 하는 게 후회되지 않았다.
"나도 너를 위해……."
"너희들 조용히 못 해!"
갑자기 소리를 지르며 다가온 할아버지에게 놀라 둘 다 말을 멈추었다.
"아까부터 너희들 때문에 잠을 못 잤다. 머리가 터질 것 같다. 잠 좀 자자!"
"……."
할아버지는 수지 바로 앞까지 와서 위협적으로 고함쳤다. 그때 휘혁의 얼굴에 안타까움이 스쳤다.

"어린 것들이 연애라도 하나? 부모는 뭐 하는 거야?"

수지가 자리에서 일어섰다.

"갈게."

잠시 휘혁에게서는 아무 말도 들려오지 않았다. 단지 그 눈에는 아쉬움이 가득해 보였다.

그래서일까. 등 뒤로 시선이 따라왔다. 계속……. 할아버지의 불평 소리도 여전했다. 수지는 서둘러 걸음을 옮겼다.

"조심히 가."

등 뒤로 작은 목소리가 들렸다.

휘혁의 안타까워하는 눈빛이 집에 가는 내내 머릿속에 맴돌았다.

휘혁이 좋아하던 국화도 거의 다 떨어지고 초겨울의 쓸쓸한 바람이 불어왔다. 비록 날씨가 포근하더라도 쓸쓸한 정경이었다.

눈꽃이 녹아서 된 눈물

***

 밤새 눈이 내려 온 세상이 하얀 날이었다. 그리고 눈으로 하얗게 빛나는 빛들이 유난히 예쁜 날이었다. 나뭇가지마다 하얀 눈꽃이 피어있었다. 눈으로 하얗게 빛나는 빛들 사이를 뚫고 폭신한 눈을 밟으며 집으로 향하였다.

 수지는 고개를 들어 주변을 둘러보았다. 겨울의 하얀 빛이 들어왔다. 긴 어두운 터널에서 나온 기분이었다. 가족들, 친구들, 선생님, 피아노……. 모든 것이 선명했다. 이 빛처럼…….

 눈의 차가움이 느껴지지 않을 만치 그날의 빛은 밝고 따스했다.

 오후에는 아침의 눈이 녹아서 조금 질퍽해져 있었다. 그 가운데 눈이 조금씩 내리기 시작했다.

 은혁?

 수지는 눈을 비벼보았다. 그 애가 왜 수지의 집 앞에서 기다리고 있지?

 은혁이 다가왔다. 그 모습이 그날따라 그의 동생 휘혁과 조금 닮아 보였다.

"전에 병원에 와 줘서 고마워."

뭐가 고맙단 거지? 가서도 금방 왔는걸.

"전화해줬다며? 고마워."

수지는 또 생각했다. 전화 정도가 뭐가 고맙단 거지?

"휘혁이가……."

"……."

"하늘로 갔다."

"……."

무슨 소리지? 이틀 전에 웃으며 통화했는데?

"김수지, 고마워. 잘해줘서."

도대체 어떻게 된 일이지?

이번에도 할머니 때와 마찬가지로 생각지도 못한 소식이 갑작스레 날아왔다. 그런데 이상하게도 숨이 멎을 것 같진 않았다.

휘혁은 왠지…… 유난히 하얗기 때문일까.

그저 휘혁의 병도, 수술도 알고 있었으면서도 그 애의 병세를 가볍게 여긴 자신이 놀라웠다.

"와 줄래?"

은혁은 담담한 척하며 수지를 바라보았다. 그런 은혁의 옷 위로 엷은 눈송이가 꽤 많이 내렸다.

하지만 금세 녹아버려서 마음이 아렸다. 눈이 녹는 모양이 휘혁이 녹아서 사라져버린 것처럼 느껴졌기 때문이었다.

"와 줄 거지? 휘혁이가 기뻐할 거야."

"……."

두 사람 사이에 긴 침묵이 흘렀다. 수지는 침을 꿀꺽 삼켰다. 그저 머리가 멍했다. 손으로 볼을 꼬집어본 순간, 갑자기 현실감이 덮쳤고 숨이 컥 막혀왔다. 열여덟 살의 수지는 열일곱 살의 휘혁의 죽음을 선뜻 받아들이지 못했다. 그렇게 젊은 나이에 사람이 죽으리라곤 생각지도 못했다. 수지는 결국 휘혁이 나을 것이고, 다시 자전거를 타고 다닐 것이라고 한 치 의심 없이 믿었다. 바로 조금 전까지도.

병문안 온 수지가 '그만 돌아갈게.'라고 말했을 때의 휘혁의 눈빛이 떠올랐다. 그리고 같은 병실의 할아버지가 두 사람보고 시끄럽다고 야단쳤을 때의 휘혁의 눈빛도……. 그때의 눈빛이 자꾸만 떠올랐고 다른 건 생각나지 않았다.

"와줘. 꼭."

"……."

조용하다.

수지의 집은 그날따라 적막하고 차가웠다. 시계 초침 소리가 울린 순간, 온몸에 오한이 들었고 뼛속까지 차가움이 스며들었다.

"시끄러워!"

계속해서 시곗바늘이 돌아가는 재깍재깍 소리가 수지의 신경을 긁었다.

벌써 시간이 이리되었나? 누군가 제멋대로 시계태엽을 감아버린 것처럼 시간을 잃어버린 것 같았다. 수지는 휴대전화기를 꺼내서 휘혁과의 마지막 문자를 확인했다.

너는 아프지 마.

그날 밤, 휘혁이 남긴 마지막 말이 머릿속에서 계속, 계속 맴돌았다.

***

장례 마지막 날이었다.

조용히 문을 연 순간, 조용한 시선들이 수지에게 꽂혔다. 수지는 목례하고는 은혁의 옆으로 갔다.

"와 줘서 고마워."

"나중에, 만나러 와 줄래?"

은혁은 대답하지 않았다.

수지는 은혁과 완전히 끝났음을 깨달았다. 은혁이 자리를 비켜 간 후에도 수지는 그 자리에 가만히 있었다. 그 표정은 조금 슬퍼 보였다.

숨 막히는 숙연한 분위기 속에 간간이 조심스러운 한숨 소리가 새어 나올 뿐이었다. 다만, 열린 문틈으로 바람이 불어와 숨 막힐 듯한 이곳의 공기를 바꾸고 사람들의 숨통을 트이게 해주었다.

유난히 공기가 맑았다. 티끌 하나 없이 맑았다. 너무 맑은 것은 마음을 항상 아프게 만들었다.

어느 순간, 갑작스러운 흐느낌이 울려서 모두를 놀라게 했다. 애써 담담함을 유지하던 휘혁의 어머니가 가슴을 치며 통곡을 했다. 그때부터 울음소리가 방안 가득 메웠다. 은혁은 조용히 눈을 감고 있었다.

"먼저 갈게."

수지는 서둘러 문으로 향하다가 문득 은혁의 시선을 느끼고 뒤돌아보았다. 그 애는 여전히 그 자리에 우뚝 서서 수지를 바라보고 있었다. 아쉬움 가득, 애정 가득 복잡한 눈으로…….

"안녕."

그 애가 말했다.

"안녕."

수지가 답했다.

***

수지가 서둘러 나온 건 휘혁이 이미 천국으로 가는 계단을 밟고 있을 것만 같았기 때문이었다.

"계단……."

어느새 수지의 걸음은 자신도 모르게 성당 계단을 밟고 있었다.

이 성당 계단을 오르면 그 애가 있는 '천국'에 다다를까.

바보 같은 생각임을 알았다. 그저 성당으로 가 마리아 님께 그 애를 위해 기도하고 싶었다.

"……."

그런데 뭐라 기도할지 떠오르지 않아서 하늘만 올려다보았다. 뭉게구름을 따라보다가 고개를 돌리니 은빛 노을이 하늘을 수놓고 있었다.

"휘혁이가 간 곳이 저런 곳인가요?"

그 하늘을 보노라니 왜 이리도 그리운 게 많을까? 문득, 할머니가. 그러다 또 휘혁이가······.

어느새 작은 마음에 이토록 많은 그리움이 내려와 있었을까? 자신은 그 그리운 이들을 위해 무얼 해줄 수 있을까.

"피아노 있어요?"

수지는 처음으로 성당 관계자에게 말을 걸어보았다. 친절하게도 미사를 보는 곳에 피아노가 있다면서 데려다주었다.

"조금만 칠게요."

차이콥스키 피아노 협주곡 1번 2악장의 선율을 기억나는 대로 쳐보았다. 그러자 그리워졌다.

이휘혁, 그 애의 말대로 그리움이 가득한 곡이었다.

휘혁의 자전거에 비치던 햇살, 아카시아 향기와 함께 나타난 은혁의 미소, 형제와 함께 수다 떨던 오후의 서점, 흰 벽돌집에서 새어 나오던 음악 소리, 성당에서 본 천사······.

연주가 끝이 났다. 사람들의 박수 소리가 간간이 들렸다.

밖으로 나와서 골목길을 걸었다. 그 형제의 집 앞으로 가서 한참을 보았다.

금방이라도 문이 열리고 자전거를 끌고 휘혁과 은혁이

나올 것만 같은데……. 별로 많은 시간이 흐르지 않은 것 같은데…….

눈이 내렸다. 작은 꽃 같은 그런 눈이 수지의 옷 위로 내렸다. 마치 갓 피어난 봄 꽃잎들이 산들바람에 흩날리듯 폴폴 거리며 눈꽃이 떨어졌다.

"겨울꽃이라고 했지?"

봄여름가을 그리고 겨울. 그 형제와 보낸 계절마다 꽃의 향기와 촉감이 배여 있다.

그 향기가 너무 곱고 아련하여 오래 잊을 수 없을 것만 같다. 눈꽃 송이가 수지의 뺨 위로 내려와 눈물처럼 적셨다.

아카시아처럼 달콤하게 스며온

***

 수지가 다니는 한별 대학교 음대 앞에는 아름다운 정원이 있었다. 한창 피어오르는 아카시아 꽃망울에서 달짝지근한 향기가 퍼져 그 정원을 메우고 있었다.

"시작한다!"

한 강의실에선 음대 학생들과 교수님이 공연을 위해 한창 연습 중이었다. 강의실 창을 통해 차이콥스키 피아노 협주곡이 꿈결같이 잔잔하게 흘러왔을 때 수지는 작게 한숨 지었다.

"왜 울어?"

친구가 물었다.

"그리움이 스며와."

수지는 손등으로 눈물을 적셨다.

"뭐가 그리워?"

"아카시아."

"아카시아가 그리워?"

"아카시아꽃이 폈을 때 나타났으니까."

"누가?"

이은혁…….

솔직히 그 애를 잘 모르겠다. 그런데 하나는 알 것 같다. 그 애는 수지가 영원히 잊지 못할 첫째란 것을.

눈을 감으면 가장 먼저 떠올라서, 무서울 때 가장 먼저 생각나서, 놀랐을 때도 처음 부르는 이름이라서 첫째. 그래서 아무리 시간이 흘러도 자신에겐 첫째일 것만 같다.

3년이 지나도록 그 순수했던 시절의 마음을 그대로 간직하고 단 한 번도 이은혁을 잊은 적 없었다.

"김수지."

그래서 지금 환청처럼 들리는 걸까? 이은혁의 목소리가.

"수지야. 저 남자가 너 불러."

심장이 쿵, 하고 내려앉을 것 같았다.

"귀신이라도 봤냐? 왜 그렇게 놀라?"

"수지야."

은혁이 웃고 있었다. 오래도록 보이지 않던 그 애가, 그렇게 또다시 등장했다. 이건 운명일까. 어떤?

은혁은 언제나 이렇게 불시에, 생각지도 못한 때에 마음의 문을 두드렸다.

"어떻게 왔어?"

"나도 이 학교 학생이야."

"의대?"

"그래."

"왜 하필 이 학교야?"

"이젠 만나도 되니까."

"나를?"

"휘혁이 부탁했어."

하늘나라로 간 그 애가 어떻게 허락한단 거지?

***

은혁은 좋아하는 여자에게 동생을 부탁한 사실이 부끄러웠지만, 당시에는 동생을 위한 간절한 마음으로 그럴 수밖에 없었다.

그렇지만 막상 수지가 자신의 부탁을 허락해주고 휘혁의 병문안을 왔을 때는 마음이 편치 않았다. 인내심이 강한 은혁이었지만 휘혁이 수지에게 좋아한다며 머리를 기대었을 때는 다리에 힘이 쑥 빠져나가는 것 같았다.

갑자기 화가 불쑥 치밀어올라 가슴이 욱신거렸다. 자신도 모르게 비상계단으로 갔다. 벽에 머리를 기댄 채 눈을 감고 한참 동안 있었다.

그러고 있노라니 어느 순간, 톡톡 등을 두드리는 힘없

는 손길을 느껴졌다. 그래도 계속 눈을 감고 있자 그 힘없는 손길이 은혁의 머리를 쓰다듬었다. 그 떨리는 차가운 손의 감촉에 이상하게도 가슴이 울렁였다.

"그거 알아?"

갈라진 작은 목소리는 역시 휘혁이었다.

"우리 조상님들은 가족이 죽으면 삼 년 상을 치렀대."

"그런 말 하지 마."

"뭐 어때. 삼 년 상 치러줘."

"그런 말 말래도!"

"그 3년…… 지나면 만나."

"뭐라고?"

"형! 나는 나이가 들면 아프지 않을 줄 알았어. 나이가 들면 안 울 줄 알았어. 근데 아니었어."

"미안해."

"아니, 고마워."

"뭐가?"

"내 삶이 더 행복하게 도와주어서 고마워."

갑자기 휘혁이 형 은혁을 껴안고 훌쩍였다. 은혁의 얼굴에 당황한 빛이 역력했다. 은혁이 아는 휘혁은 울지 않았다. 아파서 학교를 쉬어야 했을 때도, 조부모가 돌아가셨을 때도, 억울한 놀림을 받을 때도 절대로 울지 않았다.

단 한 번 눈물을 흘리는 모습을 보인 적이 없었다. 휘혁은 그 누구에게도 보여주지 않았다. 약점을 땅속 깊이 묻어 숨겨버리는 동물처럼 자신의 눈물을 꼭꼭 숨겼다.

"형, 난 몰랐어. 내 마음이 검은색인지. 그래서 내가 형과 수지를 아프게 만든 걸."

"그런 거 아냐."

"대신 수지 곁에서 지켜줘."

"갑자기 왜 그런 말을 해!"

"생각해보았는데, 형보다 나은 사람은 없더라. 이 세상 남자 중에."

"……."

"꼭 수지 곁에서 지켜줘야 해. 난 형이 수지 남자친구가 되었으면 좋겠어."

"휘혁아!"

"그게 내가 형에게 바라는 마지막 소원이야."

그 말을 하던 휘혁은 웃음을 머금고 있었다. 그 모습이 가슴 아파서 은혁은 참고 있던 울음을 터트렸다.

"어서 낫기나 해! 나아서 나랑 또 싸우자!"

"형, 내가 한 말 잊지 마. '꼭'이야!"

***

"그 말이 휘혁이 내게 한 마지막 말이야."

은혁의 말에 수지는 눈물이 쏟아질 것 같아서 서둘러 고개를 돌렸다.

"…… 진짜 못 말리는 형제라니까!"

수지의 말을 듣고 은혁의 얼굴에 웃음이 번졌다.

은혁은 3년 전과 달라진 데가 없어 보였다. 다만 그 눈빛이 조금 더 어른스럽게 침착해진 것 같이 보일 뿐 그대로였다.

"같이 갈래?"

"어디든!"

주차해 놓은 차에 올라타자 은혁이 시동을 걸고 차를 출발했고 곧 큰 도로로 진입해 끝없이 이어지는 주행 차량의 행렬에 끼어들었다.

차도에는 빠르게 달리는 차들의 행렬, 인도에는 분주하게 걷는 행인들로 넘쳐났다.

"음악 들을래?"

"그래."

"차이콥스키 괜찮아?"

"좋아."

은혁가 웃으며 음악을 틀었다. 피아노 협주곡 1번 2악장이었다. 수지는 가만히 눈을 감았다. 고요한 바람처럼 잔잔한 선율이 아직 사라지지 않은 그리움으로 가득 찬 그들의 마음을 달래주었다.

3악장의 첫 음과 함께 빨라진 빠르기처럼 은혁은 속력을 높여서 운전하였다. 눈앞엔 화물이 잔뜩 실린 덤프트럭이 덜커덩거렸지만, 은혁은 보란 듯이 트럭을 추월해 시원하게 활주했다.

그러다 문득, 수지는 아련한 아카시아 향기가 자신의 코끝을 맴돌고 있음을 깨닫고 고개를 차창 밖으로 돌렸다. 낯익은 풍경이 눈에 담겼다.

차에서 내린 그들은 약속이라도 한 듯 성당을 향해 걸음을 옮겼다.

어디선가 아름다운 음악이 흐르고, 꽃향기가 물씬 풍기는 이곳에서의 추억이 생생하게 되살아났다. 수지는 예전 휘혁과 왔을 때처럼 벤치에 앉아서 가만히 눈을 감았다.

또다시 아카시아 향이 코끝을 간질였다. 그때, 쿡, 팔 위로 무언가가 닿았다가 툭, 바닥으로 떨어졌다. 다시 두 눈을 뜨고 땅 밑으로 내려 보니 새하얀 종이비행기가 떨어져 있었다.

사랑해

　종이비행기 날개를 확인한 그 순간, 아름다운 꽃 향이 수지의 콧속을 스며들어왔다. 그리고 은혁의 애정으로 반짝이는 눈빛도 가슴 깊이 스며왔다. 아카시아처럼 달콤하게.

아카시아처럼 달콤하게 스며온

초판 1쇄 발행 2025년 6월 24일

지은이　진노랑
펴낸곳　꿈꿈북스
출판등록　제2025-000007호
주소　　대구 달서구 장기로 225 4층
팩스　　0504-378-6120
이메일　ggumggumbook@naver.com

copyright ⓒ 진노랑 2025

ISBN　979 - 11 - 992204 -7-8　(43810)

+ 잘못 만들어진 책은 구입한 곳에서 교환해드립니다.